Gröls Verlage

„BÜCHER SIND WIE FALLSCHIRME. SIE NÜTZEN UNS NICHTS, WENN WIR SIE NICHT ÖFFNEN.“

Gröls Verlag

Redaktionelle Hinweise und Impressum

Das vorliegende Werk wurde zugunsten der Authentizität sehr zurückhaltend bearbeitet. So wurden etwa ursprüngliche Rechtschreibfehler *nicht* systematisch behoben, denn kleine Unvollkommenheiten machen das Buch – wie im Übrigen den Menschen – erst authentisch. Mitunter wurden jedoch zum Beispiel Absätze behutsam neu getrennt, um den Lesefluss zu erleichtern.

Um die Texte zu rekonstruieren, werden antiquarische Bücher von Lesegeräten gescannt und dann durch eine Software lesbar gemacht. Der so entstandene Text wird von Menschen gegengelesen und korrigiert – hierbei treten auch Fehler auf. Wenn Sie ebenfalls antiquarische Texte einreichen möchten, finden Sie weitere Informationen auf www.groels.de

Viel Freude bei der Lektüre wünscht Ihnen das Team des Gröls-Verlags.

Adressen

Verleger: Sophia Gröls, Im Borngrund 26, 61440 Oberursel

Externer Dienstleister für Distribution & Herstellung: BoD, In de Tarpen 42, 22848 Norderstedt

Unsere „Edition | Werke der Weltliteratur“ hat den Anspruch, eine der größten und vollständigsten Sammlungen klassischer Literatur in deutscher Sprache zu sein. Nach und nach versammeln wir hier nicht nur die „üblichen Verdächtigen“ von Goethe bis Schiller, sondern auch Kleinode der vergangenen Jahrhunderte, die – zu Unrecht – drohen, in Vergessenheit zu geraten. Wir kultivieren und kuratieren damit einen der wertvollsten Bereiche der abendländischen Kultur. Kleine Auswahl:

Francis Bacon • Neues Organon • **Balzac** • Glanz und Elend der Kurtisanen • **Joachim H. Campe** • Robinson der Jüngere • **Dante Alighieri** • Die Göttliche Komödie • **Daniel Defoe** • Robinson Crusoe • **Charles Dickens** • Oliver Twist • **Denis Diderot** • Jacques der Fatalist • **Fjodor Dostojewski** • Schuld und Sühne • **Arthur Conan Doyle** • Der Hund von Baskerville • **Marie von Ebner-Eschenbach** • Das Gemeindekind • **Elisabeth von Österreich** • Das Poetische Tagebuch • **Friedrich Engels** • Die Lage der arbeitenden Klasse • **Ludwig Feuerbach** • Das Wesen des Christentums • **Johann G. Fichte** • Reden an die deutsche Nation • **Fitzgerald** • Zärtlich ist die Nacht • **Flaubert** • Madame Bovary • **Gorch Fock** • Seefahrt ist not! • **Theodor Fontane** • Effi Briest • **Robert Musil** • Über die Dummheit • **Edgar Wallace** • Der Frosch mit der Maske • **Jakob Wassermann** • Der Fall Maurizius • **Oscar Wilde** • Das Bildnis des Dorian Grey • **Émile Zola** • Germinal • **Stefan Zweig** • Schachnovelle • **Hugo von Hofmannsthal** • Der Tor und der Tod • **Anton Tschechow** • Ein Heiratsantrag • **Arthur Schnitzler** • Reigen • **Friedrich Schiller** • Kabale und Liebe • **Nicolo Machiavelli** • Der Fürst • **Gotthold E. Lessing** • Nathan der Weise • **Augustinus** • Die Bekenntnisse des heiligen Augustinus • **Marcus Aurelius** • Selbstbetrachtungen • **Charles Baudelaire** • Die Blumen des Bösen • **Harriett Stowe** • Onkel Toms Hütte • **Walter Benjamin** • Deutsche Menschen • **Hugo Bettauer** • Die Stadt ohne Juden • **Lewis Caroll** • *und viele mehr….*

Magda Trott

Goldköpfchen als Mutter

Erzählung für junge Mädchen

Inhalt

1. In froher Erwartung

Barbara Wendelin lag im Schaukelstuhl, hatte die Hände lässig im Schoß verschlungen und ließ die großen blauen Augen im Zimmer umherschweifen. Sie blieben auf einem Bilde haften, das über dem zierlichen Damenschreibtische hing.

„Mein Harald, mein Häschen, – mein Ehemann! Oh, mein Ehemann! Zehn Monate verheiratet. Schulmädel, – Backfisch, – junge Dame, – dann Lehrling im Atelier Brausewetter, – dann ausgebildete Photographin, Braut, Ehefrau und – und –"

Ein feines Rot huschte über ihr liebliches Gesicht. Die Augen leuchteten verklärt auf. Dann sprang Bärbel hastig auf, ging an ein kleines Tischchen, auf dem mehrere Bücher lagen, griff nach einem und setzte sich wieder in den Schaukelstuhl.

„Komisch ist das im menschlichen Dasein, – immer muß man lernen. In der Schule, während der Ausbildung, als Braut, und nun muß man wieder allerlei neue Weisheiten in sich hineinpfropfen, damit man nichts verkehrt macht, wenn es – endlich so weit ist! Oh, was habe ich schon alles herumstudiert, bin schon ganz dumm geworden."

Sie hatte kaum einige Seiten in dem Buche gelesen, als das Hausmädchen eintrat und der jungen Hausfrau meldete, daß draußen Frau Rindermark sei, die gern ein Stündchen mit Bärbel verplaudert hätte.

„Au fein!" stieß Bärbel hervor, dann besann sie sich wieder auf ihre Hausfrauenwürde und sagte ruhig: „Bitte, führen Sie Frau Rindermark herein!"

Wieder gingen Barbaras Gedanken in die Vergangenheit zurück. Mit Edith Scheffel war sie in Dresden zur Schule gegangen. Edith war ihr stets eine liebe Freundin gewesen. Auch später, als sich Bärbel zur Photographin ausbildete, war sie mit Edith hin und wieder zusammengekommen, und fast zur gleichen Zeit hatten sich die beiden Freundinnen verlobt. Bärbel erinnerte sich noch genau, daß man über den

Namen des jungen Prokuristen herzlich gelacht hatte. Wieviel Scherze waren an jenem Silvesterabend, an dem Bärbel den Ring erhielt, hin und her geflogen, und die gute Großmama, bei der Bärbel während ihrer Ausbildungszeit in Dresden gewohnt hatte, mußte häufig beschwichtigend eingreifen, damit die Späße von seiten der Zwillingsbrüder Bärbels nicht zu sehr ausarteten.

Die Zwillingsbrüder! Bärbel schmunzelte. Wieviel Erinnerungen hatte sie an die um vier Jahre jüngeren Brüder Martin und Kuno. Wie oft war sie, die Heranwachsende, von den übermütigen Knaben geärgert worden, wie manche Schlägerei hatte zwischen den Geschwistern stattgefunden, und doch hing man mit inniger Liebe aneinander, und für alle war es ein Freudenfest, wenn sich eine Gelegenheit bot, wieder zusammen zu sein. Seit Bärbel verheiratet war, fühlte sie sich berechtigt, den Herren Primanern ernstliche Vorhaltungen über Ordnung und Fleiß zu machen; aber da gab es doch wieder harte Zusammenstöße, die meistens dann Harald, ihr Gatte, schlichten mußte.

Ja, ihr Harald! Was hatte sie für ein Glück! Solch einen Mann gab es nur einmal auf der Erde. Als Oberingenieur hatte er eine hochgeachtete Stellung, überall war er beliebt, man schätzte seine Tüchtigkeit, sein großes Können, sein reiches Wissen. Bärbel wunderte sich bis auf den heutigen Tag, daß dieser Mann, von dem alle begeistert sprachen, das übermütige, vorlaute Bärbel Wagner erwählt hatte, dem auch heute noch der Mund oft durchging und manchen Schnitzer machte.

Die Tür des Zimmers wurde stürmisch aufgerissen, eine junge, sehr elegant gekleidete Dame eilte auf Bärbel zu.

„Guten Tag, Bärbel, ich muß wieder einmal zu dir kommen. Ach, es ist schrecklich! Dir geht es wohl wieder sehr gut?“

„Guten Tag, liebe Edith, – warum sollte es mir schlecht gehen?“

„Ja ja, – du hast es eben herrlich getroffen. – Ach, was hat man doch den ganzen Tag über für Ärger! – Ich darf doch ein wenig bei dir bleiben?“

„Aber natürlich, liebe Edith, das darfst du immer. Bitte, setze dich in den Schaukelstuhl, dann plaudern wir gemütlich zusammen."

„Ich muß mir wieder einmal etwas Lebensmut bei dir holen, Bärbel. Mitunter bin ich furchtbar verzagt. Es ist eigentlich töricht, wenn man sich so zeitig verheiratet. Mein Mann ist den ganzen Tag über im Geschäft; kommt er abends heim, hat er keine Lust auszugehen, er schützt Müdigkeit vor, hat keine Interessen für das, was ich ihm sage, – ich hätte Just lieber nicht heiraten sollen."

Barbara flocht aus den Fransen der Tischdecke ein paar Zöpfe.

„Hm," sagte sie langsam, „wenn er abends doch so müde ist!"

„Er wird sich im Geschäft gewiß nicht überarbeiten. – Aber natürlich, dein Harald ist ja ganz anders. Außerdem ist er schon um fünf Uhr frei, mein Mann hat bis sieben Uhr zu tun. – Du bist wohl sehr glücklich, Bärbel?"

„Das ist solch ein abgedroschenes Wort, Edith. Mir ist zu jeder Stunde so, als müßte ich die ganze Welt umarmen. Und jetzt, – na, du weißt ja, – nun bin ich so voller Erwartung; ich denke es mir wunderschön, solch ein kleines Würmchen zu haben, das ich betreuen darf. Nur macht das gar viele Sorgen. Ich habe schon sieben Bücher durchgelesen, ich will doch nichts verderben. Man muß vom ersten Tage schon mit der Erziehung anfangen, und von Erziehen habe ich immer recht wenig verstanden. Mit dem Säuglingskursus bin ich fertig. Oh, es hat Spaß gemacht!"

Edith ließ ein spöttisches Auflachen hören.

„Du bist noch immer die alte, Bärbel, – du stürzest dich auf jedes Ding. Ich weiß noch genau, wie du während deiner Ausbildung büffeltest. In der Schule warst du doch gar nicht so fleißig. Dein Kleines bekommt eben eine Erzieherin. – Ihr könnt euch das ja leisten, dann hast du doch nichts mit solchen Sachen zu tun. Mache dich nur nicht zum Sklaven deines Kindes."

„Seine Mutter will ich sein, aber nicht seine Sklavin, Edith!" sagte Bärbel mit Betonung.

„Das viele Bücherlesen nützt dir auch nichts, gehe lieber hinaus ins Freie, das ist gesünder."

Barbara schüttelte den Kopf. „Du weißt vielleicht mehr als ich von Kindererziehung, wie man solch junges, zartes Pflänzlein hüten soll. Ich muß erst noch tüchtig lernen. Aber halt 'mal, Edith, – du bist doch immer sehr gescheit gewesen; weißt du nicht ein paar recht hübsche Namen?"

„Männlich oder weiblich?"

Bärbel lachte herzlich. „Wenn ich das wüßte! – Wir müssen eben für beide Geschlechter etwas sehr Schönes ausdenken. Du kannst mir sicher dabei helfen."

„Willst du etwas Modernes, Klassisches, Altdeutsches?"

„Ach, das weiß ich nicht. Ich will etwas, was sehr schön klingt. Harald sagte mir, ich solle ganz nach eigenem Ermessen handeln, ihm wäre alles recht."

„Ingeborg, – Heloise, – Gitta, – Dagmar, – Elfrun, – Roderich, – Armin. –"

„Armin – Armin Rabes. – Edith, erinnerst du dich noch an unsere Schwärmerei? An den Schauspieler, der uns in der Konditorei sitzenließ?"

„Wir wollen uns einen Kalender holen."

„Ach, laß nur, den Kalender habe ich vom 1. Januar bis zum 31. Dezember schon durchstudiert. Da gefällt mir gar nichts. Ich möchte etwas ganz Besonderes haben. Ich habe sogar schon einen Namen komponiert."

„Da bin ich aber neugierig."

„Für Doppelnamen bin ich nicht, Edith, ich wollte den Namen von Vati und Mutti in einen verarbeiten. Erich und Erna. Wie gefällt dir Ernerich oder, falls es ein Mädchen ist – Erina?"

„Das ist doch Unsinn, Bärbel!"

„Auch den Namen meines Mannes hätte ich gern hineingearbeitet. Raldine oder Harna, vielleicht auch Harich."

„So etwas schreibt kein Standesbeamter ein, Bärbel. – Harich, – lächerlich! Harich Wendelin, – nein, Bärbel, so wenig Geschmack hätte ich dir nicht zugetraut."

„Ach ja, es ist furchtbar schwer, die rechte Wahl zu treffen, denn der Name haftet einem dann das ganze Leben lang an. Man wird ihn nicht wieder los. In einem Buche steht geschrieben, man dürfe die Jugend nicht vergewaltigen, man müsse ihr das Selbstbestimmungsrecht überlassen. Aber solch ein Bub kann doch nicht bis zu seinem einundzwanzigsten Lebensjahre ungetauft umherlaufen. – Was meinst du, wenn ich ihm sechs bis acht Namen gebe, und er sucht sich später aus, was ihm davon am besten gefällt?"

„Aber, Bärbel, du wirst doch einen Namen haben, der dir besonders gut gefällt. So nennst du dann dein Kind und – abgemacht. Mache nur nicht gar zuviel Federlesens mit der kleinen Krabbe. Ich glaube ohnehin, daß du dein Kind furchtbar verwöhnen wirst."

„Da weißt du ganz was Verkehrtes, Edith. Ich habe mir vorgenommen, jede Ungezogenheit auf das schwerste zu bestrafen. Bei uns gibt es mächtig viel Prügel, – immerzu! Schon am ersten Tage wird damit begonnen. In diesem dicken Buche steht, man muß mit der Erziehung frühzeitig anfangen. Ich habe auch häufig Prügel gekriegt, und die Zwillinge auch. Der Harald meinte auch, daß etwas Prügel keinem Kinde schade. Oh, – ich werde eine sehr strenge Mutter sein, bei mir darf das Kind nicht mucksen."

„Ich sehe schon, wenn erst das Kleine da ist, hast du für deine Freundin überhaupt keine Zeit mehr. Du ziehst dich schon jetzt sehr zurück."

„Aber, liebe Edith, ich habe doch manches zu tun gehabt. Willst du 'mal sehen, was ich alles für hübsche Sachen genäht habe? Das hat mir auch große Mühe gemacht, denn das Nähen ist nicht meine starke Seite gewesen. Ich habe zum Beispiel kleine Hemden genäht, die habe ich aus Versehen oben und unten zugesteppt. Und die Ärmel habe ich auch verkehrt eingesetzt. Na, wenn ich 'mal ein Kind habe, so muß es alles lernen, was überhaupt zu erlernen ist. Faulenzen gibt es nicht!"

„Erwartest du den Besuch deiner Mutter?"

„Ja. – Mutti wird in etwa vier Wochen zu mir kommen. Bis jetzt sieht Großmama öfters nach dem Rechten. Von Dresden ist es nicht weit hierheraus, und Großmutti scheut die Mühe nicht, allwöchentlich einmal zu mir zu kommen."

„Ja, – du hast es wirklich gut getroffen, Bärbel, – ich habe so viel Kummer mit Just. Er hält mich knapp, dabei verbraucht er selbst viel Geld. Bei uns vergeht kein Abend, an dem wir uns nicht in die Haare geraten."

Bärbel machte ein kummervolles Gesicht.

„Das muß schrecklich sein, Edith. – Ihr habt euch doch aber lieb, warum zankt ihr euch dann?"

„Ich habe es schon hundertmal bedauert, daß ich mich so jung verheiratet habe. Wie schön war es doch, als man noch sein eigener Herr war und sich nicht nach den Launen des Mannes zu richten brauchte. – Sei 'mal ehrlich, Bärbel, findest du das nicht auch?"

Einen Augenblick sann die junge Frau nach, dann sagte sie bestimmt: „O nein, Edith, ich wüßte keine Stunde, in der ich diesen Schritt bereut hätte."

„Bist du denn nicht eifersüchtig? Dein Mann ist den ganzen Tag über fort; kannst du wissen, was er außer dem Hause tut?"

„Es gab einmal in meiner Brautzeit einen Tag, da wurde auch ich von schlimmer Eifersucht geplagt. Ich glaubte den Beweis in Händen zu haben, daß Harald eine andere liebte. Ach, Edith, wie habe ich mich damals geschämt, daß ich an ihm irre wurde! Nein, Eifersucht kenne ich nicht. Ich würde ihr auch keinen Platz in meinem Herzen geben. Warum sollte ich denn eifersüchtig sein? Wir zwei haben die Ehe miteinander geschlossen, weil wir es für das größte Glück ansahen, miteinander und füreinander zu leben. Das hat sich nicht geändert und wird sich auch nicht ändern. – Nun wird es noch viel schöner werden, denn bald sind wir nicht mehr allein, bald haben wir ein süßes Kindchen, da ist es doch gar nicht mehr auszudenken, daß sich einer vom anderen lösen könnte oder lösen wollte. Ein solcher Gedanke ist mir unfaßbar."

„Ja, – mit dir ist eben nicht zu reden, Bärbel. Du bist immer anders gewesen als wir. Man könnte dich vielleicht beneiden."

„Du mußt deinem Just nur das größte Vertrauen entgegenbringen, liebe Edith, du mußt dir fest vornehmen, für ihn zu leben, ihm alles zuliebe zu tun, dann dankt er dir das tausendfach. Ich weiß nichts Schöneres, als meinem Harald eine Freude zu machen, und auch er sinnt jeden Tag danach, mich irgendwie zu beglücken. Ach, es ist zu schön auf der Welt!"

Man beriet noch lange hin und her. Trotzdem konnte sich Bärbel nicht entscheiden. Sie wollte eben etwas ganz Besonderes, einen Namen, der auch auf das Kind passe.

„Wenn es nur nicht an einem Freitag geboren wird, Edith, das ist jetzt meine größte Sorge. Es muß an einem Sonntag oder einem Montag kommen."

„Das ist doch einerlei!"

„Das ist gar nicht einerlei, Edith! – Man sagt, Sonntagskinder haben Glück im Leben, Montagskinder sind Genies! Aber alle die, die am Freitag geboren werden, sind mit Dummheit geschlagen. Es wäre fürchterlich, wenn wir ein dummes Töchterchen hätten."

„An solchen Unsinn braucht man doch nicht zu glauben."

„Das meinte mein Harald auch. Aber mir wäre es doch sehr lieb, wenn die Kleine am Sonntag oder am Montag zur Welt käme."

Vergeblich versuchte Bärbel die Freundin zu veranlassen, noch ein Weilchen bei ihr zu bleiben.

„In einer halben Stunde kommt Harald heim, er freut sich auch, wenn er dich hier sieht."

Edith wehrte ab. „Ich mag nicht mehr bleiben. Wenn ich euch sehe, wie ihr so glücklich und zärtlich zusammen seid, wird man neidisch. Warum habe ich es nicht auch so getroffen! Nein, nein, laß mich nur wieder in meinen Jammer zurückkehren."

Seufzend gab Bärbel der Freundin bis an die Haustür das Geleit. Es tat ihr weh, daß sich Edith in ihrer jungen Ehe unglücklich fühlte. Aber sie trug wohl selbst die Schuld daran, denn sie war anspruchsvoll und zu bequem zu jeder häuslichen Arbeit. Sie wollte viel Vergnügen haben, das ihr der müde, abgearbeitete Mann nicht alltäglich gewähren konnte.

„Kann es überhaupt noch herrlicher werden, als es schon ist," flüsterte Bärbel vor sich hin, als sie wieder das Wohnzimmer betrat. Aufs neue spann sie sich in ihre Gedanken ein, süße, beseligende Gedanken einer werdenden Mutter. –

An einem Sonntag im Monat September war Frau Wagner aus Dillstadt bei ihrer Tochter Barbara eingetroffen. Bärbel hatte die Mutter gebeten, zu kommen, wartete sie doch voller Sehnsucht auf die Stunde, daß man ihr ein Kindchen in den Arm legen konnte.

Das sonst so übermütige Bärbel war in den letzten Tagen recht still geworden. In den Augen der jungen Frau stand ein überirdischer Glanz. War Bärbel allein mit der Mutter, dann saßen beide Frauen oft in inniger Umarmung zusammen. Bärbel hatte ihren Goldkopf an die Schulter der Mutter gelehnt, stellte Frage auf Frage und lauschte den Worten der Erfahrenen.

„Wird es mir denn auch gelingen, aus diesem kleinen Menschlein ein tüchtiges Geschöpf zu machen? – Wird es mir nicht mißraten? Ich verstehe gar nichts von der Kindererziehung. Mitunter ist es mir, als wäre ich selber noch ein recht dummes Gör. Wie soll ich da mein Kindchen erziehen können? Sag' doch, Mutti, als ich geboren wurde, kamst du dir da auch noch so albern vor?"

„Mit deinen neuen Pflichten kommt auch der Verstand, mein liebes Bärbel."

„Wenn es ein Junge ist, wird das Erziehungswerk wahrscheinlich noch viel schwieriger sein, Mutti. Oder habe ich dir auch so viel zu schaffen gemacht wie die Zwillinge?“

„Ihr seid alle zusammen recht lebhafte Kinder gewesen; vor allem war mein Bärbel immer ein kleiner Faulpelz, der durchaus nicht in die Schule gehen wollte, dem das Lernen verhaßt war.“

„Na,“ meinte Bärbel, „das wird bei meinem Kinde ganz anders sein, ich prügle es so lange, bis es Lust zum Lernen hat.“

Frau Wagner lachte belustigt auf. „Das wäre dann freilich eine etwas merkwürdige Erziehung, mein Bärbel. Aber darüber brauchen wir uns heute noch nicht den Kopf zu zerbrechen. Das kommt später von ganz allein. Harald wird seinem Kinde ein guter und gerechter Vater sein, und auch du wirst deine Pflichten als Mutter dem Kleinen gegenüber treu erfüllen.“

An einem Freitagmittag legte man Bärbel, dieser gesunden, kräftigen jungen Frau, einen pausbäckigen, goldblonden Knaben in den Arm. Man hatte Harald aus der Fabrik gerufen. Ergriffen stand er am Lager seines jungen Weibes, das ihn strahlend anlächelte und überglücklich war.

„Mein Bärbel, – mein Goldköpfchen!“

„Ach, Harald, – jetzt sind wir Eltern. Ich bin eine Mutter, du bist ein Vater, – oh, – ach, es ist zu herrlich!“ Plötzlich huschte ein Schatten über Bärbels Gesicht. „Heute ist Freitag?“

„Ja, mein geliebtes Bärbelchen, es ist Freitag, der 20. September, mittags zwei Uhr.“

„Das ist ja schrecklich!“

„Warum ist das schrecklich, mein Kleines?“

„Gebt mir doch die kleine Krabbe 'mal her.“

Der Wunsch wurde ihr erfüllt. Lange betrachtete Bärbel das Baby. Ein Jauchzen kam über ihre Lippen.

„Er sieht doch gar nicht so dumm aus. Häschen, wem sieht er denn ähnlich?"

„Dir, mein Bärbelchen, nur dir. – Blaue Augen, blonde Haare, deine Stupsnase, – deine Stirn."

„O weh," meinte Bärbel ein wenig nachdenklich, „sehr klug bin ich auch nicht gewesen; aber ich hoffe, er entwickelt sich noch. – Du, Harald, – es ist doch bestimmt nicht wahr, daß alle Kinder, die am Freitag geboren werden, Dummköpfe sind."

Lachend küßte er sein junges Weib. „Es wird wohl nicht immer stimmen, mein Liebling, dein Häschen ist nämlich auch ein Freitagskind, und man sagt mir immer, daß ich gar nicht so dumm bin."

„O – auch ein Freitagskind!" Bärbel rief es stürmisch. Rasch trat Frau Wagner ans Bett und erhob drohend den Finger.

„Bärbel, du sollst nicht so lärmen, du sollst dich schonen, mein Kind!"

„Wenn er doch ein Freitagskind ist! – Mutti, das hast du doch auch noch nicht gewußt? Häschen ist auch an einem Freitag geboren. Nun bin ich doppelt froh! – Ach, – natürlich, er sieht ja schon so klug aus, der – der – ach, du meine Güte, wie nennen wir ihn denn?"

„Du sollst ruhig sein, Bärbel."

„Aber, Mutti, wie kann ich denn jetzt ruhig sein, wo doch noch das Wichtigste zu beraten ist. Er muß doch einen Namen bekommen, einen Namen, den er sein Leben lang nicht wieder loswird. Es muß also ein Name sein, der auf ihn paßt. – Ach, gebt mir doch das süße Bündel noch einmal her. Wenn ich ihm in die Augen sehe, kommt mir gewiß die Erleuchtung."

„Ich denke, du wolltest ihn Peter nennen," sagte Harald, „oder Rudolf oder Julian?"

„Danach sieht er nicht aus."

„So nenne ihn Harald, wie dein Mann heißt."

„Das ist freilich ein schöner Name, aber das ist nicht praktisch. Rufe ich nach dem einen, so kommt der andere herbei. Harald Wendelin – Harald Hermann Wendelin – halt, – jetzt hab' ich's. Ich gebe ihm deinen zweiten Namen!"

„Hermann? Gefällt dir der Name?"

„Ach, Häschen, der gefällt mir fürchterlich gut. Hermann, der Cheruskerfürst, – natürlich der Name paßt. So denke ich mir den Cheruskerfürsten auch. Hermann – Armin – oh, oh, – natürlich, du heißt Hermann. Hast du verstanden? Daß du mir nun immer folgst, wenn ich dich rufe, Hermann. Ein Herr bist du, ein Mann sollst du werden. Jetzt bist du zwar erst ein Männchen –"

„Nun ist es genug mit dem Schwatzen." Energisch griff Frau Wagner nach dem Baby, nahm es Bärbel fort und sagte streng: „Jetzt wird geschlafen, mein Kind, wenigstens schließt du die Augen."

„Mutti, – meinst du wirklich, daß man bei so wichtigen Anlässen schlafen kann?"

Frau Wagner lachte ein wenig ärgerlich. „So eine fidele junge Mutter ist mir noch niemals vorgekommen. Aber ich habe jetzt das Regiment, Bärbel. Wenn du nicht sofort still bist, bekommst du heute den ganzen Tag über deinen Cheruskerfürsten nicht zu sehen. – Jetzt Ruhe. Und du kommst mit mir heraus, Harald."

„Ich bin ja ganz ruhig, Mama, ich sage kein Wort, aber laß mich hierbleiben."

„Nein, ich kenne mein Bärbel zu genau. Sie wird immerfort zu dir herüberzwinkern, und an Ruhe ist nicht zu denken. Du kommst mit mir hinaus. In einer Stunde darfst du wieder nach ihr sehen."

„Na, so geh nur," sagte Bärbel leise, „ich zähle sechzigmal bis sechzig, dann bist du wieder hier."

„Du schläfst, Bärbel! Hast du mir nicht gesagt, daß du deine Mutterpflichten treu erfüllen willst? Du hast jetzt die Pflicht, zu schlafen."

Kichernd zog Bärbel die Bettdecke über das Gesicht.

Da lag sie nun mit geschlossenen Augen in den Kissen, sollte schlafen und hätte doch am liebsten ihre innere Glückseligkeit laut hinausgejubelt. Sie richtete sich ein wenig auf, wollte das Kindchen sehen, aber das Körbchen war leer.

„Jetzt haben sie mir meinen Cheruskerfürsten entführt. Ist doch mein Kind! – Na, das wird noch 'nen netten Zank geben."

Aber schließlich kam doch die Ermattung über Bärbel, und als Frau Wagner nach einer Weile ganz leise ins Zimmer schaute, war Bärbel eingeschlummert.

Gegen Abend traf Großmama Lindberg ein. Die alte Dame hatte Tränen in den Augen, als sie ihren Urenkel ans Herz drückte. Frau Lindberg war trotz ihrer achtundsiebzig Jahre noch eine selten rüstige Frau mit einem frischen, fröhlichen Gesicht. Sie liebte ihre Enkelin über alles, hatte sie doch in der Zeit, als Bärbel bei ihr lebte, Goldköpfchen als ein wertvolles und pflichtgetreues Menschenkind erkannt, dessen Charakter lauteres Gold war.

Bärbel war erwacht. Frau Lindberg trat ans Lager der Enkelin und strich ihr zärtlich über die Hände.

„Au, Großmama, fein, – schade, daß der Cheruskerfürst noch nicht sprechen kann. Es klänge so gut: Urgroßmutter! Vier Generationen, – wie du dir vorkommen mußt! Immer wieder was Kleines! Ist der Bengel hübsch, – Großmama?"

„Er sieht dir ähnlich, mein Goldköpfchen."

In diesem Augenblick begann der Knabe zu schreien. Verzückt betrachtete Goldköpfchen das kleine Wesen; dann wurde die junge Mutter nachdenklich.

„In einem der Bücher steht, man soll den Kindern beizeiten das Schreien abgewöhnen. In einem anderen steht aber: Schreien ist gesund. Was machen wir nun?"

„Laß es nur schreien," meinte Harald belustigt, „das stärkt die Lungen."

„Möchtest du es nicht etwas herumtragen? Es könnte ihm vielleicht schaden, wenn es immerzu schreit. – Oder hat es Hunger?"

Man lachte Bärbel aus. Schalkhaft sagte Harald: „Ich denke, die Kinder sollen nicht verwöhnt werden. Du hast mir doch erst neulich einen langen Vortrag gehalten, daß Prügel unser Haupterziehungsmittel bilden werden, und daß du schon am ersten Tage damit beginnen wolltest. Nun, mein Liebling, wie wäre es, wollen wir den kleinen Cheruskerfürsten durchhauen?"

„Aber, Häschen!" rief Bärbel entsetzt.

„Ich war ja von vornherein nicht für deine Erziehungsmethode, ich wollte dir nur nicht vorgreifen."

Da schauten sich der junge Vater und die junge Mutter in die Augen, dann lachten sie herzlich.

2. Goldköpfchens Pol

Das Leben als Schulkind war schwer, als junge Dame war es noch schwerer. Aber am schwersten ist es als Mutter. – Ach ja!

Ein langer Seufzer aus Bärbels Munde folgte diesen Worten. Sie warf einen fast vorwurfsvollen Blick auf die Mutter, die soeben ziemlich energisch das Baby neu gewickelt hatte. Frau Wagner lachte vor sich hin. Solange ihre Tochter das Bett gehütet hatte, ging alles ganz gut; aber seit Bärbel selbst wieder herumwirtschaftete und sich um ihren kleinen Buben kümmerte, seit dieser Zeit war es mit der jungen Mutter kaum zum Aushalten. Hatte sie das Baby unter Aufsicht, ging alles gut; wenn man aber den Knaben ins Nebenzimmer schob, war Bärbel von allen guten Geistern verlassen. Schrie der Kleine, so behauptete sie, er würde sich eine Lungenentzündung anschreien, man müsse ihn beruhigen; verbot die Mutter das Hinübergehen, so erzählte Bärbel die schrecklichsten Geschichten von Katzen, die ein Kind durch Aufspringen auf die Brust erstickten und anderes mehr. War der Cheruskerfürst aber still, dann glaubte die junge Mutter, das Bettchen sei ihm über den Kopf gefallen, er sei dem Ersticken nahe, man müsse unbedingt nachsehen, ob nicht gar etwas passiert sei.

Sehr häufig traten in die Blauaugen der jungen Mutter Tränen, wenn Frau Wagner erklärte, Bärbel solle doch endlich vernünftig sein und sich nicht von vornherein selbst nervös machen.

„Ich bin keine schlechte Mutter gewesen, Bärbel, ihr seid alle gesund geblieben; du hattest doch stets Vertrauen zu mir, behalte es auch weiterhin."

Dann schluckte Goldköpfchen die Tränen hinunter, nickte mit dem Kopf und meinte kleinlaut:

„Aber einen einzigen Augenblick könnte man nach ihm sehen."

Als Großmama Lindberg wieder einmal nach Heidenau gekommen war, um sich nach dem Befinden von Mutter und Kind zu erkundigen, versuchte Bärbel mit der alten Dame ein Komplott zu schmieden.

„Es ist gewiß richtig, Großmama, was die Mutti sagt, aber das mag bei kräftigen und robusten Kindern zur Anwendung kommen. Hermann ist doch aber ein schwaches Kindchen, das jeder Infektion ausgesetzt ist. Möchtest du nicht einmal mit Mutti reden?"

Die Großmutter lachte Bärbel aus. Das schmächtige Kind hatte bei der Geburt neun volle Pfund gewogen, und der Arzt, der es sich später angesehen hatte, behauptete, daß er selten einen so kräftigen Jungen gesehen habe.

Da auch die Großmutter Bärbel nicht beistand, hoffte sie auf die Hilfe des Gatten.

Eines Tages vertraute sie ihm ihren Kummer an.

„Sieh 'mal, Häschen, so ein erstes Kind muß immer ganz besonders sorgfältig behandelt werden, – das siehst du doch ein. Habe ich es unter Augen, dann ist ja alles gut; aber ich leide Höllenqualen, wenn ich es nicht sehe. Es könnte sich aufrichten, aus dem Bettchen fallen, sich mit den Fäusten die Augen ausstoßen, es könnte sich den Bettzipfel tief in den Schlund stopfen und daran ersticken. Es könnte –“

Lachend schlang Harald seine Arme um die Ängstliche. “Aufrichten kann es sich noch nicht, und geschehen wird ihm auch nichts, kleine ängstliche Mutter; deine Mama sorgt schon, daß alles seine Ordnung hat. Du kannst ihr ruhig in allem folgen, mein Goldköpfchen.“

„Und wenn ihm etwas zustößt, ist es zu spät!“

„Aber, Bärbel, was soll dem Kleinen denn zustoßen? Du mußt doch nicht überängstlich sein. Schau, es ist ganz verkehrt, wenn man jede Sekunde dem Kleinen opfert. Du darfst über dem Buben deine anderen Pflichten nicht vergessen.“

„Das ist jetzt alles anders geworden. Harald, unser Romeo ist nun einmal der Pol, um den sich alles dreht. So wird es von nun an bleiben.“

„Das wäre mir eine nette Wirtschaft, wenn sich alles um das Baby drehen wollte. Noch dazu um einen Romeo. – Wer ist denn das?“

Bärbel machte ein verlegenes Gesicht. „Ich muß dir ein Geständnis machen, Harald, aber du darfst nicht lachen. Ich habe mir so lange überlegt, wie ich den Jungen nennen soll. An den Namen Romeo aber habe ich gar nicht gedacht. Ro–me–o. Höre doch nur, wie das klingt, dreistimmig, – feierlich, – da habe ich mir gedacht. Romeo ist viel netter als Hermann. – Nein, Hermann klingt nicht nett Wir haben uns da vertauft. Ich denke, wir nennen ihn bei der Taufe doch noch anders. Du gehst noch einmal zum Standesbeamten und läßt den „Hermann“ streichen.“

„Kleines verdrehtes Frauchen! Ich bin mit meinem Hermann durchaus einverstanden. Puh, Romeo, – wie würde der arme Junge später ausgelacht werden, wenn er Romeo Wendelin hieße. Finde dich nur damit ab, daß er Hermann heißt.“

Bärbel seufzte auf. „Immerfort muß ich mich mit etwas abfinden! Ach, Harald, ich habe es verteufelt schwer! Du sagst es, die Mutti sagt es, und die Großmutter hat es auch gesagt. – Ja, ist eine junge Frau denn nur dazu da, um sich mit allem abzufinden?“

„Du wirst noch vieles lernen müssen, mein liebes Bärbel.“

„Ja, – man wird alt wie ein Haus und lernt niemals aus. So wird es bis an mein Lebensende gehen. Da habt ihr Männer es doch besser. Wenn ihr fertig studiert habt, seid ihr ausgelernt, und kein Mensch wagt es, euch auch nur ein einziges Mal zu sagen: „Damit mußt du dich abfinden.““

„Oho, kleines Goldköpfchen, mir hat man auch schon allerlei gesagt und sagt es auch jetzt noch. Gerade heute habe ich mich einer Anordnung des Werkmeisters gefügt.“

„Du – der Oberingenieur?“

„Ja, – ich bin doch nur ein kleines Rad in der großen Maschinerie.“

„Also kein Pol, um den sich alles dreht? Ach nein, das ist nur unser Cheruskerfürst. – Aber etwas muß ich dir noch sagen, Harald, ich denke, du wirst mich verstehen. Als ich mich verheiratete, habe ich mir gedacht, nun wird alles ganz anders werden. Das Bärbel, das sich immer fügen mußte und das immer korrigiert wurde, ist nun etwas ganz anderes geworden, selbständig, wissend, na und so weiter. Und was ist nun? Kein Mensch sieht mir an, daß ich etwas anderes geworden bin. Genau so wie damals, als ich ins Atelier zu Brausewetter ging, laufe ich auf der Straße, niemand zeigt hinter mir her, keiner sagt: „Das ist die junge Frau aus Heidenau.“ Eigentlich ist das eine kleine Enttäuschung für mich. Das verstehst du doch?“

„Ich kann mir schon denken, was du meinst, Goldköpfchen. Aber möchtest du denn, daß alle Menschen hinter dir herzeigen und sagen: „Seht doch 'mal, da geht das Bärbel Wendelin.“ – Laß gut sein, mein liebes Goldköpfchen, es genügt doch, daß wir beide durch die Eheschließung unsagbar glücklich geworden sind.“

„Ja, – und da wir nun unseren Pol haben, – ach, Harald, manchmal kann ich es gar nicht fassen, daß das liebe, süße Wesen mein alleiniges Eigentum ist. Mein – mein Kind!“

„Gehört mir denn nicht auch etwas davon, Bärbel?“

„Natürlich, Häschen, – aber mir gehört es doch noch etwas mehr.“

„Vom juristischen Standpunkt aus ist deine Behauptung unrichtig, Bärbel. Ein Kind gehört dem Vater und der Mutter zu gleichen Teilen.“

Bärbel machte ein unglückliches Gesicht. „Vom juristischen Standpunkt, – na ja, aber wir brauchen doch nicht gleich zum Gericht zu gehen.“

„Der weise Salomo hatte schon recht, als er –“

Ein Aufschrei kam aus dem Munde der jungen Mutter. „Du Rabenvater! Harald, ich flehe dich an, – Harald, was sind das für Gedanken!“

Lachend drückte er ihren Kopf an seine Schulter. „Kleines Schäfchen, wir können doch unseren Pol nicht halbieren. Behalte du deinen Jungen, ich nehme mir mein Recht schon von selbst. Die Hauptsache ist, daß er ein gesunder und tüchtiger Junge wird. Wirst mich schon noch rufen, Bärbel, wenn es nötig wird. So ein Papa versteht das Prügeln immer viel besser als eine Mama.“

Sie fiel ihm entsetzt in den Arm. „Prügeln willst du das zarte Geschöpfchen? Harald, mit Prügel erzieht man kein Kind. Soll es verängstigt in der Ecke hocken und mit entsetzten Augen den Rohrstock ansehen, der an der Wand hängt? – Harald, wenn wir uns niemals gezankt haben, – aber es würde zu einer Katastrophe kommen, wenn du einen Stock ins Haus brächtest.“

„Wie war es doch, Bärbel? – Es ist noch kein Vierteljahr her, da erzählte mir jemand, daß die Erziehung vom ersten Tage an einsetzen müsse, und daß Prügel die beste Erziehungsmethode seien. – Kannst du mir nicht sagen, wer diese Äußerung getan hat?“

„Was muß das für eine Mutter gewesen sein,“ sagte Bärbel entrüstet, „irgendeine, die –“ Plötzlich verstummte sie, wurde glühend rot und sagte leise: „Die das gesagt hat, wußte noch nicht, wie es ist, wenn ein Baby da ist. – Ich sagte dir ja, Harald, man lernt nie aus.“

„Na also, – da wollen wir uns heute über den Rohrstock nicht streiten, in einigen Jahren wirst du selbst gehen und dir solch einen Helfer anschaffen."

„Niemals!" rief Bärbel feurig, „ich kenne mich, es ist eine grausame Folter, es geht auch ohne ihn. Paß auf, bei unserem Pol geht es ohne. – Sieh dir doch den Jungen 'mal genau an, solch ein liebes Kindchen. In seinen Augen steht nichts von Schlechtigkeit und Falschheit. Also noch einmal: Rohrstock ausgeschlossen! – Aber nun habe ich meine Pflichten als Mutter schon wieder schmählich vernachlässigt, Häschen, der Pol braucht mich."

„So komm, da wollen wir uns gemeinsam unseren Pol ansehen."

Überglücklich neigte sich Bärbel über den schlafenden Knaben.

„Sieh 'mal, Harald, wie er lacht! – Was mag er wohl träumen?"

„Der träumt noch gar nichts, mein Bärbel, der schläft"

„Mein Junge, – mein – mein Junge!" Und dann warf sie sich Harald an die Brust, umschlang ihn voll innersten Glückes und flüsterte leise: „Kann ein Mensch wohl so glücklich sein wie ich?" –

Apotheker Wagner, der in Dillstadt eine Apotheke hatte, war selbstverständlich damit einverstanden gewesen, daß Bärbel zur Zeit, als sie selbst Mutter werden sollte, von der Mutter betreut wurde. Man hatte beschlossen, daß die beiden Unterprimaner, Martin und Kuno, während der Herbstferien nach Dresden zur Großmutter reisten, weil Herr Wagner in Dillstadt mit den Jünglingen wenig anzufangen wußte. Wo keine Hausfrau ist, herrscht auch keine Ordnung, und da sich Frau Lindberg, wie immer, bereitwillig erboten hatte, auch hier wieder helfend einzuspringen, war ihr Vorschlag dankbar angenommen worden.

Martin und Kuno, die beiden Achtzehnjährigen, waren über die bevorstehende Reise sehr erfreut. Auch sie liebten die Großmutter zärtlich, die nach ihren Begriffen mehr Verständnis für ihre Gefühle hatte als Vater und Mutter. Außerdem würde es in Dresden manches Interessante geben. Auch Bärbel würde man besuchen, wollte sich den neu erschienenen Schreihals ansehen, den man auf den scheußlichen Namen Hermann getauft hatte. Bei Schwager Wendelin war es immer recht nett, und besonders Kuno schätzte den guten Weinkeller und die Zigaretten, die Harald vorrätig hatte. Martin dagegen freute sich mehr auf die schicken Großstädterinnen. Er wußte, daß im Hause der Großmutter eine flotte Zwanzigjährige wohnte, die schon seit langem das Herz des Primaners entflammt hatte. Die Dillstädter Kleinstadtpflanzen schätzte er nicht. Er war für das Moderne, für rassige Mädels; fand es zwar scheußlich, wenn eine mit geschminkten Lippen umherlief, trotzdem interessierte er sich für jene.

Frau Lindberg, die die Knaben nun Anfang Oktober als Gäste erhalten hatte, duldete es zunächst nicht, daß beide nach Heidenau hinausfuhren. Sie wußte genau, daß Bärbel von den Brüdern wieder gefoppt werden würde, und wollte der jungen Mutter jede Aufregung fernhalten. Nun aber, da sich Bärbel wieder wohl und kräftig fühlte, waren die Brüder nicht mehr zu halten. An einem Sonntagmorgen erschienen beide in Begleitung der Großmama draußen in Heidenau.

„Wollt ihr Bärbel denn nicht ein paar Blumen mitnehmen?“ hatte Frau Lindberg gefragt.

„Wozu denn?“ fragte Kuno. „Ich brauche doch meiner Schwester keine Blumen zu bringen.“

„So viel Taschengeld bekommen wir nicht, Großmama, daß wir die Markstücke unnötig wegschmeißen können. Wir haben doch andere Verpflichtungen. Bärbel freut sich, wenn wir kommen.“

„Gut, – ich dachte ja auch nur, weil ihr nun Unterprimaner seid. Ihr steht jetzt in dem Alter, in dem ihr eigentlich wissen müßtet, was sich gehört. – Also, lassen wir es.“

Martin knurrte einige undeutliche Worte vor sich hin, Kuno strich den Schnurrbart, der noch nicht vorhanden war, und sagte herablassend: „Wenn's nicht zu teuer wird, können wir ihr ja schließlich 'ne Hand voll Astern mitnehmen.“

„Nein, nein, laßt nur," meinte Frau Lindberg. „Was man nicht aus sich selbst heraus tut, hat keinen Wert."

Während der Fahrt nach Heidenau waren die beiden jungen Herren ziemlich still. Die Worte der Großmutter hatten sie ein wenig verstimmt, die gute Laune war verflogen. Frau Lindberg gab sich den Anschein, als merke sie nichts davon, sie sprach freundlich auf ihre beiden Enkel ein und meinte schließlich:

„Regt mir aber mein Bärbel nicht auf."

„Aber, Großmutter, wir wissen doch, wie man sich zu betragen hat."

„Das freut mich."

Endlich war Heidenau erreicht. Es war nicht weit bis zu der hübschen kleinen Villa, in der Bärbel im ersten Stock wohnte. Man ließ die Großmutter vorangehen, dann flüsterte Kuno dem Bruder zu:

„Ob wir nicht doch noch ein paar Blumen besorgen?"

„Quatsch, – sollst 'mal sehen, wie ich mich aus der Affäre ziehe."

Bärbel wäre den beiden Brüdern am liebsten um den Hals gefallen; aber sie dachte an ihre frauliche Würde und unterließ es. Außerdem waren beide Brüder um einen guten Kopf größer als sie und machten unnahbare Gesichter.

„Meinen herzlichsten Glückwunsch, Schwester Barbara," sagte Martin, „ich freue mich fabelhaft! Habe lange überlegt, womit ich dir eine Freude bereiten könnte, Blumen? – Nee, – wo doch die schönste Blume in der Wiege liegt."

Bärbel sah den Bruder beglückt an. Das hatte Martin wunderschön gesagt.

„Kommt 'mal mit," flüsterte sie strahlend, „ihr müßt gleich zu meinem Romeo kommen, – er ist ja so süß!"

„Nachher, Bärbel."

„Nein, ach nein, ihr müßt gleich kommen."

Nun erschienen auch Frau Wagner und Harald Wendelin. Beide Primaner hielten es für ratsam, ins Herrenzimmer zu gehen, anstatt das Schlafzimmer aufzusuchen.

So stand Bärbel wartend am Bettchen ihres Kindes, bis sie schließlich die Geduld verlor und ins Herrenzimmer eilte.

„Na, – ich denke, ihr wollt euch meinen Jungen ansehen?"

Kuno, der sich soeben eine Zigarette angezündet hatte, sagte kurz: „Später, ich rauche gerade."

„Dann komm du wenigstens, Martin."

„Äh – natürlich," meinte Martin, „muß mir doch die Krabbe besehen. Wenn es dich nicht stört, Bärbel? Du bist doch immerhin eine junge Frau – und junge Herren gehören nicht recht –"

„Na, kommt nur mit," meinte Harald, „Bärbel will euch doch ihren Jungen zeigen."

Als Kuno, die Zigarette in der Hand, durch die Tür schritt, riß sie ihm Bärbel ungestüm aus den Fingern und trat sie aus.

„Willst du meinen Jungen nikotinvergiften? Du hast wohl gar keinen Verstand, Kuno?"

Das war arg! Sofort beschloß der Bruder, sich zu rächen. Ihm, dem Unterprimaner, zu sagen, er habe keinen Verstand! Mit dem denkbar blasiertesten Gesicht trat er an das Bettchen des Kleinen und sagte gedehnt:

„Nun ja, nach Kürbis sehen sie alle aus."

„Was?" rief Bärbel.

„Auf dem Komposthaufen daheim liegt genau so ein rundes Ding. Oder meinst du, daß er dir ähnlich sieht und das reizendste Baby der Welt ist? Mütter haben immer solche fixe Ideen."

„Aber, Kuno, benimm dich ein wenig besser," flüsterte Frau Lindberg ihrem Enkel zu. Sie sah, daß Bärbel die Röte der Empörung ins Gesicht stieg.

Martin holte aus der Westentasche ein Monokel hervor, klemmte es ins Auge und sagte näselnd:

„Hm, – ähnlich sieht er euch nicht, er hat eine gewisse Ähnlichkeit mit dem Dillstädter Lumpen-Wilhelm."

„Mit wem?" fragte Bärbel erstickt.

„Äh," meinte Martin nachlässig, „du mußt doch den alten Mann auch kennen, der immer Lumpen und Knochen sammelt und mit seinem Hundewagen durch Dillstadt fährt. Hast ihm doch oft genug was gebracht."

Da vergaß Bärbel ihre frauliche Würde. „Ihr seid ja dämlich," rief sie empört, „ihr seid gar nicht wert, solch einen Neffen zu haben! Denkt ihr, ihr habt anders ausgesehen? Zwei ekelhafte Kohlköpfe waret ihr, immerfort habt ihr geschrien. Oh, ich weiß das genau! Ihr könnt euch überhaupt kein Urteil anmaßen, steckt eure Regennasen lieber in die Schulbücher."

„Aber, Bärbel," mahnte die Mutter.

„Ihr habt nicht genug Prügel gekriegt, meiner braucht keinen Rohrstock! – Ihr wollt Primaner sein?" Dann stellte sie sich vor das Bettchen, drehte den Brüdern den Rücken zu und streichelte die Händchen des Kleinen.

„Das ist doch keine Beleidigung, Bärbel," meinte Martin, „wenn ich eine Ähnlichkeit herausfinde. Der Lumpen-Wilhelm kann in seiner Jugend ein sehr hübscher Junge gewesen sein. Aus wissenschaftlichen Forschung weiß man, daß sich –"

„Ich brauche deine wissenschaftlichen Forschungen nicht, davon verstehst du einen Quark!"

„Nicht ärgerlich sein, mein Bärbel," begütigte Harald. „Du kennst doch die Brüder, sie machen sich gern einen Spaß mit dir. – Was sich liebt, das neckt sich. Wir wollen uns doch den schönen Sonntag nicht verderben. Kuno und Martin sind genau unserer Meinung, daß sie einen sehr lieben Neffen bekommen haben, und freuen sich mit uns. Nicht wahr, Jungens?"

Martin schaute den Schwager mit einem strafenden Blick an.

„Ich hätte eine Bitte an dich, Schwager Harald. Ich habe kürzlich meinen achtzehnten Geburtstag gefeiert. Mit „Jungen" kann man uns heute nicht mehr anreden."

„Sei nicht so albern, Martin," rief Frau Lindberg ein wenig ärgerlich dazwischen, „und nimm den Glasscherben aus dem Auge! Für einen Primaner wirkt das geradezu kindisch. Wo hast du denn das Ding her?"

„Es scheint mir, als sähe ich auf dem einen Auge nicht gut?"

„Dann gehe ich gleich morgen mit dir zum Augenarzt," sagte die Großmama. „Also abgemacht, Martin, es bleibt dabei, wir gehen morgen zu Dr. Flöge."

Der Glasscherben verschwand rasch. Dann hielt es Harald für angebracht, seine beiden jungen Schwager hinüber ins Herrenzimmer zu bitten. Er wußte, daß es seinem Bärbel so am liebsten sei.

Bärbel blieb allein im Schlafzimmer zurück. Sie wollte sich nicht ärgern, sie kannte die Art der Brüder; aber daß man ihren Cheruskerfürsten mit einem Kürbis verglichen hatte, kränkte sie doch ein wenig.

„Ach was," sagte sie tief aufatmend, „es sind eben noch dumme Jungens. Wir wollen uns über sie nicht ärgern. Du wirst einmal viel klüger sein als die beiden zusammen. Bist ja kein Zwilling, hast das Gehirn von beiden in deinem süßen Köpfchen. Man kann mit ihnen nicht rechten. Wir wollen ihnen verzeihen."

Gegen zwölf Uhr kam noch anderer Besuch, und zwar war es Direktor Dr. Gerlach, der es für richtig befand, der jungen Frau seines Oberingenieurs einen Besuch zu machen. Bärbel war ein wenig verlegen, als ihr der ältere Herr die Hand küßte und einen prachtvollen Strauß

Rosen überreichte. Die beiden Primaner standen ein wenig abseits und warfen sich einen verschämten Blick zu. Sie staunten aber auch über die Sicherheit der Schwester, die jetzt so liebenswürdig mit dem Direktor sprach.

„Macht eigentlich 'ne fabelhafte Figur. So sicher ist meine Irma nicht im Auftreten. – Donnerwetter!"

„Und wie sie den Handkuß entgegengenommen hat, alle Achtung!"

Das Baby wurde gebracht. Gespannt horchten die beiden Primaner auf die Worte des Direktors, der Bärbel über das Kleine liebenswürdige Komplimente sagte.

„Welch ein freundliches Kind, – nicht wahr, kleiner Mann, du weinst nicht, wenn du mich siehst? Er macht schon jetzt seinem Namen Ehre, gnädige Frau. Was er für strahlende blaue Augen hat, die haben Sie ihm mitgegeben, liebe gnädige Frau."

„Kann der aber schmusen," flüsterte Kuno dem Bruder zu.

„Die blauen Augen scheinen in Ihrer Familie zu liegen, gnädige Frau." Der Direktor schaute Martin an.

„Selbstverständlich, Herr Direktor, seit Generationen. Der Vater, die Mutter, schon der Großvater von beiden Seiten –"

„Das trifft nicht immer zu," meinte Frau Wagner, „wie Sie sehen, habe ich braune Augen. Ich finde aber auch, daß der Knabe meinem Bärbel sehr ähnlich sieht."

„Fabelhafte Ähnlichkeit," näselte Martin, „und ein so freundliches Kind. Es hat auch vorhin nicht geweint, denn wir beide waren ihm doch auch fremd. – Wirklich ein freundliches Kind. – Meiner Schwester wie aus dem Gesicht geschnitten, – nicht wahr, Herr Direktor?"

Langsam wandte Bärbel den Kopf nach dem Bruder hin, sah ihn von oben bis unten an und flüsterte, nur für Martin verständlich:

„Lumpen-Wilhelm!"

Kuno war sprachlos. Der Direktor, er wußte von Harald, daß es ein schwerreicher Industrieller war, dieser selbe Direktor besaß drei Autos und ein Reitpferd; und dieser Direktor kam zu seiner Schwester, küßte ihr die Hand und brachte ihr Rosen, dazu nannte er sie „gnädige Frau". Und diese Schwester, die Kuno bisher nicht für voll angesehen hatte, stieg plötzlich in den Augen des Bruders turmhoch. Freilich, Bärbel war eine hübsche Erscheinung, geradezu fabelhaft hübsch. Wenn man mit ihr spazierenging, würde man Eindruck schinden. Das wollte er gleich morgen tun. Er würde Bärbel abholen, dann konnte man ein Stündchen im Freien umherwandern.

Der Direktor blieb über eine Viertelstunde; dann verabschiedete er sich.

Wenige Minuten später fand sich ein zweiter Gast ein, Professor Richter. Auch er brachte der jungen Mutter Blumen, auch er küßte Bärbel die Hand, nannte sie „gnädige Frau" und unterhielt sich mit ihr. Höher konnte Bärbel in der Achtung der Brüder jetzt nicht mehr steigen. Es war wohl doch richtig, wenn man ihr etwas respektvoller entgegentrat.

Die gleichen Gedanken beherrschten Martin. Beim Mittagessen schlug der Primaner an sein Glas und hielt eine wohlgelungene Rede, gespickt mit vielen lateinischen Worten auf die junge „Mater" und den Stammhalter des Hauses Wendelin.

„Und so erhebe ich denn mein Glas und trinke auf den einzigen Wert in diesem Hause, auf den liebreizenden Buben, meinen Neffen Hermann Wendelin."

Man lächelte über die Entgleisung, aber Martin hatte es gut gemeint, Bärbel fühlte sich unendlich glücklich, reichte Martin dankerfüllt die Hand, die dieser galant küßte.

Kuno aber verabredete noch in dieser Stunde mit seiner Schwester einen gemeinsamen Spaziergang für morgen vormittag.

Der Tag endete in schönster Harmonie. Beim Abschied bekam Bärbel von den Brüdern zwei feurige Handküsse, und Martin sagte liebenswürdig:

„Auch ich würde dir ohne weiteres den Titel „gnädige Frau“ zuerkennen, du hast eine fabelhafte Anmut und Würde. Manch eine Frau könnte dich darum beneiden. Du hast mir heute imponiert!“

Dann trennte man sich. Unterwegs zog Kuno mehrfach sein Zigarettenetui hervor und betrachtete es wohlgefällig. Es war bis auf den letzten Platz gefüllt. Herablassend bot er Martin eine Zigarette an.

„Nee,“ sagte dieser verächtlich, „deine Drei-Pfennig-Dinger sind mir zu ordinär!“

„Hab' sie umgetauscht,“ meinte Kuno, „habe ihm meinen Knaster dagelassen, bei ihm kommt es so genau nicht darauf an.“

Dann rauchten beide bis Dresden.

„Sollst 'mal sehen, was ich morgen für Aufsehen errege mit Bärbel. Donnerwetter, werden sich die Heidenauer nach uns umsehen!“

„Vielleicht wäre es gut, wenn ich mitkäme,“ meinte Martin.

Energisch wehrte Kuno ab. Er wollte mit seiner hübschen Schwester allein ausgehen. –

Er fand sich auch pünktlich ein. – Bärbel sah entzückend aus. Sie trug ein dunkelblaues Samtkostüm, und voller Bewunderung gingen die Augen des Bruders über ihre zierliche Figur. Sie drückte den Hut auf die blonden Locken und sagte dann strahlend, im Bewußtsein ihrer guten Erscheinung:

„So, nun sind wir fertig. Grete ist schon unten.“

Kuno maß dieser Bemerkung weiter keinen Wert bei, aber als man aus dem Hause trat, stand unten das Mädchen mit einem entzückenden Kinderwagen.

„Unseren Pol nehmen wir mit.“

„W–a–s? – Das Kind kommt mit? Das geht mit spazieren?“

„Grete fährt es. Du denkst wohl, ich gehe ohne mein Bübchen spazieren? Bei diesem herrlichen Wetter fährt er immer aus.“

„Aber – aber das ist doch ganz unmöglich, – ich, als Primaner kann doch nicht neben dem Kinderwagen hergehen."

„Das schadet dir doch nichts."

„Na, Bärbel, du weißt aber auch nicht, was du einem jungen Herrn schuldig bist. – Nee, dein Mädchen kann den Wagen einen anderen Weg fahren."

„Geh du nur lieber nach Dresden zurück, Kuno, ich sehe, es paßt dir wieder einmal nicht. Was sollte ich denn mit dir in Heidenau herumlaufen? Entweder du gehst mit uns, oder du läßt uns allein."

Er kämpfte einen kurzen Kampf; dann erklärte er, er sei nicht Herr seiner Zeit und müsse nach Dresden zurück. Er habe ganz vergessen, daß er dort noch eine wichtige Verabredung habe.

Bärbel begann herzlich zu lachen. „Einmal brauchst du nicht zu schwindeln, lieber Kuno, – zum anderen bilde dir ja nicht ein, daß du in einen falschen Verdacht kommst. Dir sieht es doch ein jeder an, daß du noch die Schulbank drückst, kannst ja fast noch auf ein Kinderbillett fahren. – So, und nun auf Wiedersehen, gehe du ruhig zu deiner Verabredung."

Sie reichte ihm fröhlich die Hand; doch diesmal küßte er sie nicht, sondern ging mit raschen Schritten davon.

3. Feitakin

Bärbel saß am Schreibtisch. Hurtig glitt die Feder über das Papier, der Brief an die Mutter sollte fertig werden, ehe die Kaffeegäste erschienen. Es war noch Zeit genug zum Schreiben, denn alles war fix und fertig. Im Nebenzimmer stand der zierlich gedeckte Tisch. Bärbel hatte die Staatstassen hingestellt und den Kuchen eigenhändig gebacken.

Aus dem Kinderzimmer schallte das laute Kreischen und Lachen ihres Söhnchens. Sie brauchte sich im Augenblick um Hermann keine Sorgen zu machen, war doch der Großvater vor wenigen Tagen aus Dillstadt zu seiner Tochter zu Besuch gekommen, den der Knabe überraschend schnell in sein Herz schloß. Der Opapa war aber auch ein gar prächtiger Mann, auf dem es sich herrlich reiten ließ, der wie ein Hund bellen, wie eine Katze miauen konnte.

Bärbel hielt im Schreiben inne. Wie lange war es her, daß man ihr den Erstling in den Arm gelegt hatte? Zwei volle Jahre. Welch eine Freude hatte sie an dem goldlockigen Buben, der ihr allerdings durch seine Lebhaftigkeit mancherlei zu schaffen machte. Wie oft hatte sie schon erkennen müssen, daß das Erziehungswerk eine schwere Arbeit war, und wie der kleinste Fehler, den man beging, schlimme Folgen haben konnte. Ihr alter Übermut war freilich noch immer nicht von ihr gewichen. Sie konnte wie ein Backfisch umhertollen, konnte sich an manchem dummen Streich erfreuen und hatte oft Mühe, ihre mütterliche Würde zu wahren, wenn der Knabe gar zu drollig war.

Aber ihr Hermann, ihr Hermanus, war nun einmal ihr Stolz, ihr ganzes Glück.

„Du mußt bald wieder einmal herkommen, liebe Mutti, Hermanus wird mit jedem Tage klüger und niedlicher. Was plappert er alles zusammen. Der Vati wird Dir davon erzählen. Augenblicklich spielen sie wieder Pferd und Reiter nebenan. Ich höre meinen Jungen vor Vergnügen kreischen."

Wieder hielt Bärbel im Schreiben inne. Aus dem Nebenzimmer war ein so jubelnder Aufschrei gekommen, daß sich die junge Mutter veranlaßt fühlte, einmal nachzusehen, was es gäbe. Sie öffnete die Tür, sah den Vater auf der Erde hocken, sah ihn allerlei possierliche Sprünge machen; da lachte auch sie herzlich.

„Opa, – wau – wau!"

„Wau – wau!" ließ Herr Wagner folgsam hören, während der kleine Mann lustig um ihn herumsprang.

„Opa, – ich will reiten!"

Sofort richtete sich der menschliche Hund in die Höhe, Hermann wurde aufs Knie des Apothekenbesitzers gehoben, und ein vergnügter Ritt begann.

„Doll, – recht doll, Opa, – guter Opa!"

Befriedigt kehrte Bärbel an den Schreibtisch zurück.

„Am meisten freue ich mich darüber, liebe Mutti, daß mein Hermanus ein so artiges Kind ist und uns nie durch einen häßlichen Ausdruck Sorgen macht. Wir sind aber auch ängstlich bemüht, alle schlechten Einflüsse von ihm fernzuhalten und –

„Opa – oller Dussel!"

Die Feder sträubte sich, Bärbel glaubte, nicht recht gehört zu haben. Hatte das wirklich ihr Hermanus gesagt? Sie stürzte ins Kinderzimmer.

„Was hast du eben gesagt?"

Der Kleine, der die entsetzten Augen seiner Mutter falsch deutete, jauchzte beglückt auf:

„Oller Dussel!"

„Wirst du das noch einmal sagen?"

„Oller Dussel – oller Dussel – oller Dussel!" Hermann streckte beide Ärmchen nach der Mutter aus, legte das Köpfchen hinten über und begann erneut mit seinem kreischenden Lachen.

„Wer hat dir denn das gesagt? Vati, – hast du gehört? Was machen wir nun?"

„Das mußt du nicht sagen, kleiner Mann."

Aber Hermann glaubte, daß er den großen Leuten damit einen ganz besonderen Spaß mache, und schrie noch lauter denn zuvor:

„Opa – Opa, – oller Dussel!"

Goldköpfchen war völlig verstört. Soeben hatte sie die Artigkeit ihres Jungen in dem Briefe an die Mutter lobend hervorgehoben, nun hörte sie ein Wort, von dem sie sich nicht erklären konnte, wo es der Knabe aufgeschnappt haben könnte. Es war vielleicht falsch gewesen, diesem Worte eine solche Bedeutung beizulegen, denn sie wußte bereits aus Erfahrung, wie tief sich derartiges einprägte und wie schwer es war, ein Kind diesen Ausdruck wieder vergessen zu machen. Sie überlegte daher, wie sie Hermann ablenken könnte. Dort, der große Tisch mit der lang herabhängenden Decke. Bärbel huschte unter den Tisch und rief neckend:

„Such' mich, – such' die Mutti!"

Sofort lief das Kind auf den Tisch zu, riß die Decke mit einem Griff herab.

„Da – da – da!"

Die Decke wurde wieder aufgelegt, Bärbel lief einige Male im Zimmer umher, huschte dann wieder unter den Tisch; und das Spiel begann von neuem.

„So, – nun ist es genug, nun wollen wir dir andere Schuhchen anziehen. Nachher kommen die lieben Tanten, dann darfst du hereinkommen, aber sehr artig sein, Hermanus. Jeder Tante machst du einen Diener. – So, – also komm, wir ziehen dir jetzt kleine braune Schuhchen an."

Bärbel hob den Knaben auf einen Hocker, zog ihm die schwarzen Schuhe aus und warf sie in die Luft.

„Hoppla!"

Der Knabe jauchzte hell auf. Mehrfach wurden die Schuhe in die Luft geworfen, von Bärbel wieder aufgefangen; und immer lauter rief der Kleine: „Hoppla, – hoppla, hoppla!"

Endlich war das schwierige Werk des Anziehens beendet.

„Den Kittel zieht dir Grete nachher erst an, mein Junge. Jetzt darfst du mit dem Opa wieder weiterspielen, Mutti will noch rasch den Brief zu Ende schreiben."

Bärbel ging zurück an den Schreibtisch, lauschte noch ein Weilchen, ob der Knabe die häßlichen Worte vergessen hatte; sie schien ihren Plan erreicht zu haben. Der Großpapa mußte sich verstecken, sie hörte wieder fröhliches Lachen und Scherzen, kein häßliches Wort fiel.

Bärbel nahm die Feder wieder zur Hand und las den letzten Satz des Briefes durch. Sie seufzte. Sollte sie das Lob über ihren Knaben wieder ausstreichen?

„Es wird natürlich nicht ausbleiben, liebe Mutti, daß er irgendwo ein häßliches Wort hört, aber man muß diese Eindrücke wieder verwischen. Das traue ich mir schon zu, obgleich ich von Erziehung noch sehr wenig verstehe. Ich merke immer wieder, daß es damit hapert. Man muß doch gar zu sehr aufpassen, denn ein Kind ist wie ein Äffchen, das alles nachmacht."

Endlich war der Brief beendet. Bärbel gab ihn dem Mädchen, damit es ihn hinunter in den Kasten bringe.

„So, – Vati, nun nehme ich dir den kleinen Quälgeist ab. Wir gehen jetzt zusammen hinaus in die Küche, sehen nach dem Kaffee, denn die Damen werden bald kommen."

„Gut, mein Kind, so mache ich mich inzwischen auch fertig."

An der Mutter Seite trippelte der kleine Hermann nach der Küche. Für Bärbel gab es noch manches zu tun. Geschäftig lief sie hin und her, der Knabe begleitete sie auf Schritt und Tritt.

„Geh ein bißchen weg, Hermanns, ich gieße jetzt das heiße Wasser über den Kaffee, ich könnte dich leicht verbrühen."

Bärbels ganze Aufmerksamkeit gehörte dem Kaffeetrichter. Sie bemerkte es daher nicht, daß der Knabe aus der Küche huschte, im Wohnzimmer stand und interessiert den gedeckten Tisch beschaute.

„Opa –!"

Es erfolgte keine Antwort.

„Opa – hat sich versteckt! Opa – Opa!"

„Komm her, Hermanus!" rief Bärbel aus der Küche.

„Erst den Opa suchen!" Schon hatten die kleinen Hände das lang herabhängende Tischtuch erfaßt. Erst vorhin hatte er mehrfach die Decke vom Tisch gezogen, um die Mutti und den Opa zu suchen.

Ein furchtbares Klirren. – Bärbel stockte der Atem. Dann warf sie den Kaffeetrichter hin, stürzte ins Wohnzimmer und stieß einen Schrei des Entsetzens aus. In der Ecke des Zimmers stand Hermann, seine Hand hielt noch immer den einen Zipfel der Kaffeedecke, der Boden des Zimmers war bedeckt mit Scherben, Kuchenstücken, Blumen; ein weißes Bächlein rann über den schönen Teppich, die Zuckerstücken lagen durch das Zimmer verstreut.

Bärbel war fassungslos. In wenigen Minuten sollte ihr Besuch erscheinen, jetzt herrschte in dem Zimmer, in dem man behaglich den Kaffee trinken wollte, ein wüstes Durcheinander.

„Du Unhold, – du Scheu –" Bärbel schlug sich auf den Mund. Beinahe hätte sie selbst ein häßliches Schimpfwort gesagt. „Du Bengel, – was hast du denn gemacht? – Mein gutes Porzellan! – Pfui, du Unart!"

Bärbel war dem Weinen nahe. Jetzt kam auch noch der Vater hinzu, der entsetzt die Hände zusammenschlug.

„Darfst du das tun?" Mit energischem Griff hatte Goldköpfchen den erschreckten Knaben gefaßt, setzte sich auf den zunächst stehenden Stuhl, legte das Kind über das Knie und versetzte ihm mehrere Schläge.

Der Knabe begann laut zu schreien, strampelte mit den Füßen; doch Bärbel ließ nicht nach.

„Du – du – Unhold, – du – du –," die hervorquälenden Tränen ließen ihre Stimme versagen. „Du – Freitagskind, – ich sperre dich ins Kellerloch, – auf den Boden zu den Mäusen. – Du Unhold!"

Grete war zurückgekommen, sah die Bescherung und zeterte ebenfalls.

„Nehmen Sie den Bengel hinaus, ich will ihn nicht mehr sehen. Du gräßliches Freitagskind! – Ja, ja, das kommt davon, wenn man am Freitag geboren ist."

Bärbel und der Vater knieten auf dem Fußboden, sammelten die Scherben; jede zerbrochene Tasse wurde mit Tränen begossen.

„Mein bestes Porzellan, – die schöne Schlagsahne, – ach, es ist schrecklich!“

Herr Wagner hatte die meiste Geistesgegenwart. Er ließ sich von Grete eine Schaufel geben, man kehrte die Scherben zusammen, das Mädchen kam mit dem Lappen; Bärbel besah schluchzend den abgedeckten Tisch.

„Tröste dich, mein Kleines,“ begütigte Herr Wagner, „das Unglück ist nun einmal geschehen, jetzt müssen wir zusehen, wie wir rasch einen neuen Kaffeetisch herrichten, deine Gäste können jeden Augenblick hier sein. Komm, mein Goldköpfchen, ich helfe dir.“

„Nimm den Lümmel,“ sagte sie schluchzend, „Grete und ich wollen alles, so gut es geht, wieder in Ordnung bringen.“

Nun begann ein erregtes Durcheinander. Hermann war selbst so erschrocken, daß er sich bescheiden in eine Ecke der Küche zurückgezogen hatte und mit dem Fingerchen auf dem Fußboden zeichnete.

„Dort bleibst du ruhig sitzen,“ rief Bärbel. „Wehe dir, wenn du aufstehst! Der Vater bringt heute einen dicken Rohrstock mit heim. – Na warte nur, du Freitagskind!“

Scheu blickte der Knabe die erzürnte Mutter an, dann sagte er jämmerlich: „Feitakin!“

„Du schweigst, – du sagst kein Wort. – Mutti ist sehr böse auf dich!“

Der Kleine begann zu weinen. „Feitakin, – Feitakin!“

Großpapa Wagner konnte die Kindertränen nicht sehen. Aus der Tasche holte er ein Stückchen Schokolade, schob es dem Knaben in den Mund und ermahnte ihn, er möge jetzt ganz still auf dem Stuhl in der Ecke sitzen bleiben, bis er wiederkäme.

„Aber ja nicht aufstehen, Bubi, – sei mein artiges Feitakin!“

Dann nahm er einen Porzellantopf aus dem Küchenschrank und sagte zu seiner Tochter:

„Ich laufe rasch zur Milchhalle und bringe dir neue Schlagsahne."

„Du – Vati?"

„Natürlich, jetzt muß jeder 'ran! Deck' du mit Grete den Kaffeetisch, ich besorge das andere. Sollten inzwischen die Damen kommen, so empfange sie ruhig in deinem Zimmer, ich werde mit Grete alles fertigmachen."

Herr Wagner war gegangen. Bärbel warf von Zeit zu Zeit einen vernichtenden Blick auf den Knaben, dessen Gesichtchen schon wieder recht vergnügt aussah. Er wagte sogar, die Mutter schelmisch anzulachen, zeigte seine kleinen Zähnchen und sagte dann zärtlich:

„Oller Dussel!"

Bärbel erwiderte nichts. Sie eilte geschäftig hin und her, wieder war der Tisch mit Tassen und Tellern bestellt; aber es stieg ihr heiß in die Augen, wenn sie die zweite Garnitur Tassen sah. Sie hätte so gern mit den echten Meißner Tasten jetzt Staat gemacht.

„Mein schönes, gutes Porzellan. – Oh, du Unhold!"

Der Knabe begann sich zu langweilen. Seine großen blauen Augen gingen suchend durch die Küche. Auf dem Fensterbrett lag ein dickes Buch. Wenn man sich lang machte, konnte man dieses Buch vielleicht erreichen. Die Mutti hatte oft dieses Buch in den Händen. Er wollte sich nur die Bilder darin besehen.

Für Sekunden war der Kleine allein, – ein rascher Griff, das Buch war in seinen Händen. Die Kinderhände durchblätterten es hastig, manche halbe Seite riß dabei ab, enttäuscht hielt es Hermann der zurückkehrenden Mutti entgegen.

„Keine schönen Bilder, Mutti!"

„Was – hast – du – denn da? Das ist ja mein Kochbuch!"

„Kochbuch," wiederholte der Knabe strahlend.

Bärbel sah die abgerissenen Seiten; grimmig riß sie dem Kinde das Buch aus der Hand und versetzte ihm mehrere Schläge auf die Hände.

„Habe ich dir nicht befohlen, ganz still zu sitzen? Na warte, wenn der Vater heute abend mit dem langen Stocke heimkommt. Prügel bekommst du dann, – na – so, und jetzt drehst du dich zur Wand, ich will dich nicht mehr ansehen."

Bärbel hob den Knaben hoch und setzte ihn rücklings auf den Hocker.

Das schien gewirkt zu haben. Der Knabe saß mäuschenstill; doch gerade das beunruhigte Bärbel. Immer wieder schaute sie hinüber, doch Hermann bohrte mit den Fingern an seinem Kittelchen herum, versuchte die Strümpfe zu durchstoßen und machte sich an den Schuhen zu schaffen. Das alles war ungefährlich!

Und nun klingelte es.

„Himmel, – das ist die erste! – Grete, gehen Sie öffnen, ich komme sogleich. Führen Sie die Dame ins Zimmer und helfen Sie ihr beim Ablegen. – Lieber Himmel, wenn doch erst der Vater wieder zurück wäre! Ich kann doch den Jungen nicht allein lassen. Jetzt traue ich ihm alles zu!"

Es dauerte nur wenige Augenblicke, da erschien Herr Wagner. Er brachte neue Schlagsahne und ein großes Paket Kuchen.

„Die ersten Damen sind schon da," sagte Grete, „die gnädige Frau ist drüben im Salon."

„Dann wollen wir alles fertigmachen, Grete. Geben Sie mir eine Schürze, ich werde die Sahne schlagen. Sie kümmern sich inzwischen um den Kaffee."

Bärbel saß inzwischen bei den Gästen, hatte Mühe, ihr erregtes Innere ein wenig zu beschwichtigen, dachte an den kleinen Unhold da draußen, den zerbrochenen Kuchen, die zerschlagenen Tassen und gab dabei liebenswürdig Antwort auf alle Fragen. Aber als sie jetzt aus der Küche das schmetternde Lachen ihres Kindes hörte, wurde es ihr wieder schwer ums Herz. Der Opapa verstand wirklich auch nicht viel von

Kindererziehung, wie hätte er jetzt mit dem unartigen Knaben schäkern dürfen.

Die Damen waren versammelt.

„Na, Grete, nun sind wir fertig," sagte Herr Wagner draußen in der Küche. „Nun brauchen wir nur noch die Schüssel mit der Sahne hineinzutragen, dann können Sie der gnädigen Frau ein Zeichen geben."

Plötzlich von Kinderlippen ein lautes: „Hoppla, – Hoppla!" Über den Kopf des Apothekers flog ein Gegenstand. Dieser Gegenstand, der sich als ein niedliches Kinderschuhchen entpuppte, fiel direkt in die Schüssel mit der Schlagsahne.

„Hoppla," jubelte der Knabe, der wieder ein neues Spielzeug gefunden hatte. Jedesmal, wenn ihm die Mutti die Schuhe an- oder auszog, warf sie eines der Schuhchen hoch in die Luft und rief dabei lachend: „Hoppla!", fing es wieder auf; und mit diesem neckischen Spiel wollte Hermann jetzt dem guten Opa auch eine Freude bereiten.

„Hoppla!" Der zweite Schuh kam geflogen, fiel aber auf das Fensterbrett.

„Bengel!" rief Herr Wagner entrüstet.

Der Knabe kreischte vor Vergnügen. Schon zerrte er an den Strümpfen herum. Da sah sich der Opa gezwungen, dem Beginnen des Knaben energisch Einhalt zu gebieten und ihm einen kräftigen Klaps auf die unnützen Händchen zu versetzen.

„Ach, du liebe Güte, Herr Apotheker," jammerte Grete und hielt den kleinen Schuh, der über und über mit Sahne bedeckt war, in der Hand. „Was machen wir nun?"

Ein Weilchen überlegte Wagner. Diese Schlagsahne konnte er unmöglich den Damen vorsetzen. Neue holen? Das würde viel zu lange Zeit in Anspruch nehmen, und die Verzögerung mußte unliebsam auffallen.

„Na, so muß es heute ohne gehen. Ich werde nachher den Damen das Mißgeschick erzählen, das heißt nur so, daß mein lieber Enkel den Tisch energisch abdeckte."

Man setzte sich am Kaffeetisch nieder. Bärbel errötete, sie sah, daß die Schlagsahne fehlte.

„Grete, die Sahne," flüsterte sie.

„Wir haben keine."

Bärbel wagte nicht, weiterzufragen. Sie hatte gesehen, daß der Vater mit einem Topf voller Sahne zurückgekehrt war. – Was war wohl inzwischen wieder geschehen? So ächzte sie unhörbar in sich hinein:

„Hermanus, – du Freitagskind!"

Es blieb natürlich nicht aus, daß die Gäste den kleinen Knaben sehen wollten. Bärbel hatte Angst. Sie machte anfangs einige Ausflüchte; doch die Bitten der Damen wurden immer dringender, und so beschloß sie, den Kleinen zu holen.

Draußen setzte es erst noch energische Ermahnungen.

„Daß du jetzt sehr artig bist!"

Bärbel brachte ihr Kind herein. Ohne Scheu blickte Hermann die Damen an, machte auch, so gut er konnte, seinen Diener, schaute aber immer verlangender nach dem Kuchenteller auf dem Tische. Bärbel wurde schon wieder nervös. Sie kannte ihren Knaben. Dem gespannten Gesichtchen sah sie an, daß er schon wieder etwas auf dem Herzen hatte, und da sie heute so häßliche Worte aus seinem Munde vernommen hatte, fürchtete sie das Schlimmste.

„Wie heißt du denn, Kleiner?"

Hermann zuckte die Schultern.

„So sag' es doch!" rief Bärbel energisch dazwischen. „Wie nennt dich die Mutti?"

Der Knabe schob den Daumen in den Mund und sagte laut und deutlich: „Feitakin!"

„Wie heißt du?"

Aber diese Fragen erschienen dem kleinen Hermann recht langweilig, er streckte die Hand aus und sagte:

„Ich möchte ein Stückchen Kuchen haben."

„Kinder müssen bescheiden sein!" rief Bärbel erregt.

„Aber, meine liebe Frau Wendelin, das ist doch Kinderart! Sind Sie nicht ein wenig zu streng mit Ihrem Jungen?"

„Es ist gewiß nicht leicht, Kinder zu erziehen," mengte sich eine andere Dame ein, „ich weiß das von meinen fünfen her."

„Fünf Kinder," sagte Bärbel mit leisem Aufstöhnen, „mein einer zerschlägt mir schon übergenug. Daß ich Ihnen keine Schlagsahne geben konnte, das ist – das hat –" Sie verstummte.

„Aber, meine liebe Frau Wendelin, Sie werden doch nicht weinen. Was ist denn vorgefallen?"

Bärbel schluckte tapfer die aufsteigenden Tränen hinunter. „Ach," begann sie wieder, „das erzähle ich Ihnen nachher."

Der Knabe wurde wieder hinausgebracht, es war alles ganz gut gegangen. Auch während des Kaffeetrinkens herrschte eine fröhliche Unterhaltung, so daß Goldköpfchen mit ihrer Gasterei wenigstens in dieser Hinsicht zufrieden sein konnte.

Gegen sechs Uhr erschien der Gatte, der die Damen begrüßte. Nun kam auch Apotheker Wagner, der unter dem Gelächter der Anwesenden berichtete, welch kostspieligen Scherz sich Hermann heute geleistet hatte.

Mit verschleierten Blicken schaute Bärbel zu dem Gatten hinüber. Würde er sehr böse sein? Sie trug doch eigentlich die Hauptschuld daran, denn sie hatte den Knaben erst darauf gebracht, das Tischtuch vom Tische herunterzuziehen. Hätte sie gewußt, daß auch ihr lustiges Schuhspiel solche Folgen gehabt hatte, sie würde sicherlich noch zerknirschter gewesen sein.

Erst spät am Abend entfernten sich die Gäste, und Bärbel atmete auf, als sich die Tür hinter der letzten geschlossen hatte. Dann schlang sie beide Arme um den Hals des Gatten und sagte bebend:

„Alles hat mir das Freitagskind zerschlagen, alles!“

Harald beruhigte seine kleine Frau. Er meinte, es gäbe doch viel größeres Unglück als zerbrochenes Porzellan.

„Eigentlich verdiente er dafür mächtige Prügel, Harald. – Du mußt mir einen Rohrstock besorgen, einen recht kräftigen, der wird nützen!“

„Was soll ich besorgen, mein Bärbel? – Einen Rohrstock? Ich denke, solch Marterwerkzeug darf niemals in unser Haus kommen?“

„Das ist kein Marterwerkzeug, Harald, das ist der beste Erzieher, den man sich denken kann! – Ach, Harald, heute war es schrecklich!“

„So will ich den kleinen Mann zur Rede stellen. Das darf er natürlich nicht wieder machen.“

„Ja, halte ihm eine ordentliche Strafpredigt, aber kräftig, Harald. Ich bleibe im Nebenzimmer und werde alles mit anhören. Du kannst es immer noch besser als ich, obwohl du nicht so viele Erziehungsbücher durchliest. – Und mein Kochbuch hat er auch zerrissen.“

„Und die Schuhe hat er in die Schlagsahne geworfen,“ fiel die eben ins Zimmer tretende Grete ein, „darum konnte ich der gnädigen Frau auch keine Sahne bringen.“

Da saß nun Harald, hatte sich sein Söhnchen aufs Knie gesetzt und sprach ermahnend zu ihm.

„Das darfst du nicht mehr tun, mein Junge, du darfst an keiner Decke ziehen, darfst überhaupt nichts anfassen, was in Muttis Zimmer ist. – Nun hast du der guten Mutti alles zerschlagen und sie sehr traurig gemacht. – Wolltest du Kuchen haben? Hast du darum die Decke vom Tisch gezogen?“

„Den Opa suchen!“

„Der Opa sitzt doch nicht unter dem Tisch, mein Junge.“

„Doch, – der Opa und die Mutti!“

Bärbel, die im Nebenzimmer stand, wurde dunkelrot. Und ihr goldhaariges Köpfchen sank noch tiefer, als der Knabe begeistert weitererzählte, daß die Mutti immer die Schuhe in die Luft schleuderte, ganz genau so, wie er es heute in der Küche auch getan habe.

Da unterblieben die Vorwürfe, die der Vater seinem Sohne machen wollte. Harald biß sich auf die Lippen. Wenn sein geliebtes Goldköpfchen dem Kleinen derartige Spielereien vormachte, wie durfte er dann schelten? Aber daß Bärbel die Äußerungen des Knaben im Nebenzimmer mit anhörte, war recht günstig. Man konnte bei der Erziehung der Kinder nicht vorsichtig genug sein.

„So, mein Junge, nun kommst du mit mir zur Mutti, umarmst sie recht lieb und sagst ihr, daß du nun wieder ein liebes und artiges Kind sein wirst. Du bist doch unser guter Bube?“

„Bin Feitakin!“

„Was bist du?“

„Mutti hat gesagt, ein Feitakin!“

Harald überlegte ein Weilchen, löste aber dieses Rätsel nicht. Er brachte den Knaben seinem jungen Weibe, das ein verlegenes Gesicht zeigte.

„Feitakin will nun wieder sehr lieb sein, Mutti!“

Da hob Bärbel den Knaben auf und küßte ihn zärtlich. Dann brachte sie ihn zu Bett.

Als das Ehepaar nach längerer Zeit zur Ruhe ging, lag Hermann in seinem Bettchen und schlief schon fest.

„Nun sage mir doch einmal, mein geliebtes Goldköpfchen, was ist das für ein neues Wort, das sich unser Junge ausgedacht hat. Ein neuer Kosename?“

„Freitagskind heißt es, Harald. – Ich war so furchtbar böse auf den Jungen, als er mir alles zerschlug. Da fiel mir kein anderes Wort ein. Er schnappt ja alles sofort auf."

„Ja ja, mein Bärbel, kleine Kinder sind kleine Affen! Aber du hast heute wieder gesehen, wie vorsichtig wir Eltern sein müssen. Kinder sind die besten Erzieher der Eltern. Wir werden uns sehr in acht nehmen müssen, daß unser Feitakin nicht noch andere Dummheiten macht."

„Ach ja, Harald, du hast ja so recht. Ich hätte niemals gedacht, daß man es als Mutter so schwer hat."

Feitakin aber drehte sich in demselben Augenblick auf die andere Seite und lächelte im Schlummer.

4. Elternfreuden aller Art

„Es bedarf keines Dankes, Herr Wendelin, ich freue mich, Ihren lieben Jungen für ein paar Stunden bei mir haben zu können. Ich weiß aus Erfahrung, in welcher Unruhe man lebt, wenn solch lebhafter Bursche auf sich selbst angewiesen ist; ich hole nachher Ihren Hermann ab und bringe ihn erst wieder zurück, wenn Ihre letzten Gäste gegangen sind."

„Wissen Sie auch, Herr Forstrat, was Sie auf sich nehmen? Unser Junge ist ein sehr lebhaftes Kerlchen." "Natürlich, – ich kenne den kleinen Burschen ja ziemlich genau. Da ich nun einmal mit Ihnen in einem Hause wohne, können wir uns doch solche kleine Gefälligkeiten erweisen. Hermann und ich sind die besten Freunde, und auch meine Frau freut sich herzlich auf heute nachmittag. Sitzen Sie nur ruhig bei Ihren Gästen, es wird Ihrem Hermann nichts zustoßen, und er wird keine Langeweile haben."

Forstrat Schmeling schüttelte dem Oberingenieur kräftig die Hand. Er war ein alter, aber noch sehr rüstiger schlanker Herr, dem die Villa in Heidenau gehörte. Er hatte sie nach seiner Pensionierung erworben und war mit seinen Mietern im ersten Stockwerk recht zufrieden. Die junge

Frau mit ihrer hellen Stimme und dem goldigen Haar gefiel dem alten Herrn über alle Maßen. Auch er nannte Bärbel nie anders als „Frau Goldköpfchen“, und der jetzt drei Jahre alte Hermann war sein ganzes Vergnügen. Wie oft hatte er über den Bengel schon herzlich gelacht, wenn der im Hof oder im Garten umhersprang und voller Wissensdurst nach diesem und jenem fragte. Wie hatte der Knabe gestaunt, als er im Zimmer des Forstrates die vielen Geweihe sah, die er höchst unehrerbietig als krumme Stöcke bezeichnet und nicht glauben wollte, daß so etwas auf den Köpfen der Tiere wachse.

Nun hatten der Forstrat und seine Gattin eine Einladung zum Sonntag erhalten, Wendelins gaben wieder einmal ein Mittagessen. Doch die beiden alten Leute hatten abgelehnt, der Forstrat litt an einem heftigen Magenkatarrh, und seine Gattin fühlte sich gleichfalls nicht ganz wohl. Der Forstrat hatte Wendelins das Anerbieten gemacht, für den Sonntag den kleinen Hermann zu sich zu holen, und dieser Vorschlag wurde von den Eltern dankbar angenommen.

Goldköpfchen hielt es für richtig, ihrem Sohne erst noch einige ernstliche Ermahnungen zu erteilen. Daß Hermann bei Forstrats allerlei anstellen würde, war sicher.

„Nichts anfassen, Hermann, und auch nicht zu viel fragen. Der gute Onkel Forstrat ist sehr lieb zu dir, er ist aber ein alter Herr, so darfst du nicht so viel lärmen.“

Hermann drehte verzückt seine blauen Augen zum Himmel. „Oh, wie schön, – Hermann freut sich auf den grünen Opa!“

„Du sollst „Onkel Forstrat“ sagen.“

„Ist doch der grüne Opa von Hermann,“ meinte der Knabe. Wie sollte man sonst einen Unterschied zwischen all den Opas machen. Der Forstrat, der immer noch seine grüne Uniform trug, war eben der grüne Opa, während der alte Milchmann, der Milchopa war. „Hermann wird sehr artig sein, Mutti, Hermann ist das ganze Glück vom grünen Opa!“

„Was bist du?“

„Der grüne Opa hat gesagt: „Hermann ist sein ganzes Glück!" – Mutti, kommen viele Leutens heute zu dir?"

„Ja, zwölf Stück."

„Eßt ihr dann auch von goldenen Tellern? – Warum kommt denn der grüne Opa nicht mit? – Du hast wohl nur zwölf goldene Teller?"

„Der Onkel Forstrat ist krank, mein Junge."

„Oh, – muß er im Bett liegen? Gibt ihm der Onkel Doktor pfuischmeckende Tropfen?"

„Nein, der Onkel Forstrat hat einen Magenkatarrh und darf nicht viel essen."

„Oh –"

„Du darfst ihn auch nicht ärgern, sonst verschlimmert sich der Magenkatarrh. – Also heute sehr brav sein, Hermann, sonst ist die Mutti böse."

„Kann ich nun zum grünen Opa gehen?"

„Nein, du mußt noch etwas warten. Aber du kannst jetzt hinein zum Vati gehen, er zieht sich schon an. Mutti hat noch viel zu tun. Störe sie nicht."

Hermann ging zum Vater. Der stand in Hemdärmeln vor dem hohen Spiegel. Der Knabe brach in jauchzendes Lachen aus.

„Vati, – du Dreckfink!"

Wendelin fuhr herum. Er war gerade dabei, sich zu rasieren, und hatte das Gesicht voller Seifenschaum. Hermann lachte so herzlich, daß er sich auf den Boden setzen mußte.

„Mutti – Mutti," schrie er dann aus Leibeskräften, „ach, komm doch, Mutti! – Sieh doch 'mal den Vati!"

„Der Vati rasiert sich, mein Junge."

„Hermann will sich auch rasieren."

„Halt, Kleiner, das ist nichts für dich. Setze dich ruhig dort in die Ecke, dann kannst du zusehen."

„Die Mutti haut dich wohl nicht, wenn du dir das Gesicht beschmierst?"

„Nein, das tut sie nicht!"

„Aber die Mutti haut den Hermann."

„Der Hermann braucht sich auch nicht zu rasieren. Das ist nur etwas für große Leute."

Mit weit geöffneten Augen verfolgte der Knabe jede Bewegung des Vaters. Als der Oberingenieur fertig war, nickte der Knabe wohlgefällig mit dem Kopf.

„Ist gut, Vati, – daß du dir all das Dreckzeug wieder aus dem Gesicht gewischt hast, sonst wäre die Mutti sehr böse."

„Das ist kein Dreckzeug, mein lieber Junge. Solch häßliche Ausdrücke nimmt ein junger Mann nicht in den Mund. – Merke dir das."

Eine halbe Stunde später, als man schon in den größten Vorbereitungen war, erschien Forstrat Schmeling persönlich, um sich den kleinen Hermann abzuholen. Er nahm den jubelnden Knaben an der Hand, führte ihn hinab in die Parterrewohnung, in der Frau Schmeling schon wartete.

Durch die Fenster sah man die Gäste kommen. Neugierig wandte sich der kleine Hermann an den Forstrat.

„Bist du traurig, daß du oben nicht mitfuttern kannst?"

„Nein, mein lieber Junge."

„Darfst nicht! – Nicht wahr? Hast einen Magentrara?"

„Ja, kleiner Mann, den habe ich."

„Sitzt der hier?" Der kleine Knabe tippte dem Forstrat auf den Leib.

„Ein bißchen höher, – hier, im Magen."

„Hermann möchte auch einen Magentrara haben. – Der Hermann soll immerzu essen und mag doch nicht."

„Wenn du ein großer, kräftiger Junge werden willst, mußt du tüchtig essen. – Bist ja so dürr. Hier muß überall Fett hin. – Hast ja nur Knochen. Mit jedem Tage muß solch ein kleiner Bursche dicker und runder werden. – Also, immer tüchtig essen."

„Hahaha," lachte Hermann fröhlich, „grüner Opa, du bist ja auch so dünn!"

„Das ist erst seit dem Magenkatarrh. Als ich Oberförster war, war ich dick und kugelrund."

„Oberförtner bist du auch gewesen? Wie der alte Mann draußen beim Vati in der Fabrik? – Ach, Onkel Opa, was machst du für komische Sachen!"

Frau Schmeling hatte natürlich dafür gesorgt, daß man für ihren kleinen Hermann reichlich Kuchen, Schokolade und Schlagsahne bereitstellte. So war denn der Kaffeetisch lecker gedeckt, und der Forstrat wies auf die guten Dinge.

„Jetzt wird tüchtig gegessen, Hermann. Gleich fangen wir damit an, warte noch einen Augenblick, die Oma holt den Kaffee, und ich hole mir eine Zigarre."

Man schob einen hohen Stuhl, auf dem mehrere Kissen lagen, an den Tisch heran und ließ Hermann für wenige Augenblicke allein. Dessen blaue Augen gingen über die leckere Torte, die Schokoladenkuchen hinweg und öffneten sich weit, als sie die runde Schüssel mit der Schlagsahne sahen. Hermann sah in Gedanken den Vati vor sich stehen, der sich vorhin das Gesicht mit genau solchem weißen Zeug beschmiert hatte. Wie würde sich der grüne Opa freuen, wenn sich Hermann jetzt auch rasierte!

Er zog die Schüssel zu sich heran, griff mit beiden Händchen hinein und klebte sich die Sahne ins Gesicht.

„Opa – Opa," jauchzte er, „der Hermann rasiert sich!"

Der Forstrat, der nur für wenige Augenblicke ins Nebenzimmer gegangen war, kam mit raschen Schritten näher. Es bot sich ihm ein eigenartiges Bild. Der Knabe hielt den Kaffeelöffel in der Hand, schabte damit in dem Gesichtchen hin und her, mit der anderen Hand klebte er sich neue Sahne ins Gesicht. Der dunkelblaue Samtanzug war über und über bespritzt.

„Junge!“

„Der Hermann rasiert sich!“ klang es beglückt zurück, „der Hermann macht wie der Vati!“

Der Forstrat begann schallend zu lachen. Dieses über und über beklebte Kindergesichtchen, die genau abgesehenen Bewegungen wirkten zu stark auf seine Lachmuskeln. Hermann aber nahm dieses Lachen als Aufforderung, sein Tun fortzusetzen.

„Grüner Opa, – soll dich der Hermann auch 'mal rasieren?“

Von der hocherhobenen Kinderhand flogen die Schlagsahnflocken über den Tisch. In diesem Augenblick erschien Frau Schmeling mit dem Kaffee.

„Um Himmels willen, was ist denn hier los?“

„Er rasiert sich,“ sagte der Forstrat noch immer lachend.

„Er rasiert sich,“ echote Hermann und war sehr erstaunt, als Frau Schmeling hastig nach einer Papierserviette griff und dem Knaben damit Gesicht und Hände abwischte. Aber nur ein kurzes Weilchen dauerte dieses Entsetzen, dann jubelte der Kleine von neuem:

„Wie der Vati!“

Er griff nach dem Tischtuch, um den Löffel daran abzuwischen. Genau so hatte er es beim Vati auch gesehen.

Nun begann erst eine gründliche Reinigung des Knaben. Ebenso mußte der Kaffeetisch in Ordnung gebracht werden, denn überall zeigten sich die Spuren der eigenartigen Rasierseife.

„Du hättest den Jungen nicht allein lassen dürfen,“ sagte leise die Hausfrau zu dem Gatten.

Der Knabe hatte diese Worte gehört und nickte mit dem Kopf. „Ihr hättet den Jungen nicht allein lassen sollen. – Aber nicht wahr, grüner Opa, der Hermann ist dein ganzes Glück?"

„Das bist du, mein Junge, aber das Rasieren läßt du in Zukunft bleiben."

Während des ganzen Nachmittags beschäftigen sich die beiden alten Leute ununterbrochen mit Hermann. Allerlei kleine Spiele wurden ersonnen, der Forstrat erzählte von seinen Streifzügen durch den Wald, von den darin lebenden Tieren, von den Hirschen mit den riesigen Geweihen, und er zeigte dem aufmerksam zuhörenden Kinde das an der Wand hängende Gehörn.

Die Zeit verlief überraschend schnell, und als Schmeling sagte, daß es nun Zeit sei, wieder hinaufzugehen, schüttelte Hermann das Köpfchen.

„Der Hermann findet nicht, daß es Zeit ist, hinaufzugehen. Der Hermann bleibt noch beim grünen Opa."

Eine Viertelstunde später erschien Oberingenieur Wendelin persönlich, um seinen Knaben abzuholen.

„Haben Sie tausend Dank, gnädige Frau, und auch Sie, Herr Forstrat. Hat er auch nichts angestellt?"

„Nichts Schlimmes."

„Hermann hat sich rasiert!" jauchzte der Knabe, „oh, Vati, der Hermann ist ein Dreckfink gewesen, – das ganze Gesicht war voll!"

Fragend schaute der Oberingenieur auf das Ehepaar, erneut begann der Forstrat herzlich zu lachen.

„Zum Schauspieler hat Ihr Junge Talent. – Wie er dasaß, wie er sich mit der Schlagsahne rasierte, man mußte dazu lachen. – Das hätte man knipsen müssen. – Zum Schreien komisch. Ein ganz famoser Bengel!"

„Vati, – famoser Bengel!" rief Hermann, stemmte die Arme in die Hüften und schaute den Vater mit strahlender Herausforderung an.

Es gab neue Entschuldigungen, aber das Ehepaar Schmeling wehrte ab.

„Wir haben sechs Stück gehabt," sagte die Forsträtin, „da ist nun nichts mehr neu, Herr Wendelin. Sie werden auch noch vieles erleben, und das Rasieren wird nicht das Schlimmste sein." – –

Lange hatte Goldköpfchen überlegt, ob sie am heutigen Nachmittage ihre Freundin Edith in Dresden besuchen wolle oder nicht. Edith hatte schon mehrfach telephonisch angerufen und erklärt, sie sei bereits recht gekränkt, daß Bärbel so selten zu ihr komme. Aber Goldköpfchen ließ ihren kleinen Sohn so ungern mit Grete allein. Wenn auch das Mädchen ordentlich und fleißig war, mangelte es ihr doch an Überlegung, und meistens hatte sich etwas Unangenehmes ereignet, wenn Goldköpfchen für Stunden aus dem Hause war. Aber der Besuch bei Edith ließ sich nicht länger aufschieben.

„Ich werde heute abend nicht vor sieben Uhr zurück sein, Harald, bitte, komm doch recht pünktlich heim, Hermanus soll nicht so lange ohne Aufsicht bleiben."

„Mach' dir keine Sorgen, Bärbel, Grete wird den Kleinen schon für die kurze Zeit im Zaume halten. Fahre nur ruhig nach Dresden, ich werde ganz pünktlich heimkommen."

Gegen drei Uhr machte sich Bärbel auf den Weg, nachdem sie das Mädchen eindringlich ermahnt hatte, auf Hermann gut aufzupassen.

„Wenn du heute ein ganz besonders lieber und artiger Junge bist, bringt dir Mutti aus Dresden etwas mit."

„Was denn?"

„Das wirst du ja sehen. – Also sei recht brav und artig!"

Mit schwerem Herzen machte sich Bärbel auf den Weg. Grete hatte zwar versichert, daß sie den Knaben nicht aus den Augen lassen werde, aber ein unglücklicher Zufall wollte es, daß Grete gerade an diesem Nachmittag den Besuch einer auswärtigen Freundin bekam. Wohl behielt sie den Kleinen bei sich in der Küche, doch dem Knaben wurde die Unterhaltung bald zu langweilig, und voller Unruhe verlangte er, daß Grete mit ihm spielen solle. Das junge Mädchen sah unten auf dem Hofe den Enkelsohn der Pförtnersleute, öffnete das Fenster und rief den neunjährigen Fritz, er möge heraufkommen und mit Hermann spielen.

Es geschah. Aber schon eine Viertelstunde später äußerte Fritz, man könne doch viel besser hinunter auf den Hof gehen, das Wetter sei doch so schön. Da Hermann häufig auf dem Hof herumspielte, machte sich Grete keine Gedanken, zumal sie vom Fenster aus fast den ganzen Hof übersehen konnte.

Es gab so viel zu erzählen, daß Gretes Gedanken von dem kleinen Hermann völlig abgelenkt wurden. Hin und wieder hörte sie das fröhliche Lachen des Kindes und die laute Stimme seines Spielgefährten Fritz.

Es war aber auch herrlich! Zwei Männer waren gekommen, die hatten hohe Stiefel an und zwei große Schachteln auf dem Rücken. Dann waren im Hofe viele Bretter fortgenommen worden, und unter den Brettern lag ein Haufen Asche. In der Asche aber befanden sich allerlei Schätze, nach denen Fritz aufmerksam suchte. Da waren kleine Flaschen, Blechbüchsen, Nägel, Draht, kurzum, diese geheimnisvolle Grube spie eine Menge köstlicher Dinge aus. Jedesmal, wenn die beiden Männer wieder einen Kasten voll Asche fortholten, kam neues, herrliches Spielzeug zutage. Das Beste aber war, daß, wenn man in die Asche sprang, eine dicke Wolke aufwirbelte, die immer ärger wurde, je mehr man in der Grube umherhüpfte.

„Hu, – ich rauche!“ schrie Hermann begeistert.

Die beiden Männer lachten, als sie die beiden Knaben sahen, die über und über mit einer dicken Staubschicht bedeckt waren.

„Ihr Ferkel, – aber nicht wahr, das macht Spaß?“

„Ach, es ist so schön,“ sagte der kleine Hermann glücklich.

Mit Geschrei stürzten die beiden Knaben auf jeden Scherben, auf jede sichtbar werdende Blechbüchse. In der einen Hofecke hatten sie einen ganzen Haufen solcher Dinge zusammengetragen, und immer noch kamen neue, wunderschöne Dinge hinzu.

Die Grube wurde leerer und immer leerer. Es kostete den kleinen Hermann schon viel Mühe, wieder aus ihr herauszukommen. Der Fritz mußte ihm dabei tüchtig helfen.

Und nun, – nun zeigte sich etwas ganz Neues. Aus der Müllgrube kam eine Flasche hervor, eine große, kantige Flasche, die oben mit einem Korken versehen war.

„Tiefschwarze Tinte," buchstabierte Fritz.

„Ist mir!" rief Hermann und riß die Flasche an sich. Sie wurde sogleich eingehend untersucht. Die kleinen Finger arbeiteten so lange daran herum, bis der Korken entfernt war. Das Kind drehte die Flasche um, mehrere schwarze Tropfen kamen heraus und fielen auf den braunen Spielanzug.

„Ach, – sieh nur!" rief Hermann und tippte mit den Fingerchen auf die feuchte Stelle. Aber sofort mußte er niesen, die feuchte Nase wurde schnell mit den Fingern getrocknet, in dem stark verstaubten Gesicht zeigten sich mehrere schwarze Streifen.

In diesem Augenblick schaute Forstrat Schmeling aus dem Fenster seines Arbeitszimmers in den Hof hinaus. Er glaubte seinen Augen nicht zu trauen. Das war doch der kleine Hermann Wendelin? – Aber wie sah der Junge denn aus? Schuhe, Strümpfe, der Anzug, ja selbst die blonden Haare waren von einer dicken Aschenschicht überzogen, dazu die zahlreichen Tintenspuren im Gesicht, auf den Händen und der Kleidung.

Sofort eilte er hinaus. „Hermann – Hermann! – Was hast du denn gemacht?"

„Wir haben so schön gespielt, grüner Opa!"

„Na, – der Vati wird sich freuen, wenn er dich so sieht, und die Mutti auch!"

Hermann hob den Kopf empor und schaute den Forstrat an.

„Wird er sich freuen?"

„Ja, mein Junge, der wird sich freuen," sagte der Forstrat mit Nachdruck, „wenn der dich so sieht, – na, das kann ja nett werden!"

„Fritz, Fritz," schrie Hermann, „der Vati wird sich freuen!"

„Komm 'mal herein, kleiner Mann, wir werden dich ausziehen. Ist denn niemand daheim?"

„Mutti ist fortgegangen."

„So komm herein, daß wir dich ein wenig säubern."

„Ach – der Hermann spielt gerade so schön, grüner Opa!"

Der Forstrat ging zurück in sein Zimmer. Er nahm sich vor, den Knaben auszuziehen, seine Sachen tüchtig auszuschütteln und die Spuren von Asche und Tinte zu beseitigen. Man wollte den Kleinen gründlich waschen, um ihn dann, wenigstens einigermaßen gesäubert, nach oben zu schicken.

Ehe diese menschenfreundliche Tat aber zur Ausführung kam, kehrte Oberingenieur Wendelin heim. Nichtsahnend betrat er den Vorgarten, hörte im Hof die jauchzende Stimme seines Knaben. Da durchzuckte ihn jäher Schreck. Er sah, daß die Müllgrube ausgeleert wurde, und wenn sein Hermann während dieser Arbeit zugegen war, würde er wohl nicht sehr sauber aussehen.

„Hermann!"

Aus dem Hofe kam der Knabe gelaufen. Als er den Vater erblickte, streckte er beide Ärmchen hoch in die Luft und rief voller Begeisterung:

„Vati, – freust du dir!"

Obwohl Harald Wendelin schon an manches gewöhnt war, blieb ihm die Antwort in der Kehle stecken. Daß ein solches Aussehen überhaupt möglich war, hatte er nicht geglaubt.

„Hermann! Wie kommst du denn hierher? Jetzt marsch hinauf!"

Bei der strengen Stimme des Vaters wurde das strahlende Kindergesichtchen recht ernst.

„Komm jetzt hinauf, aber nicht die Vordertreppe, sondern hinten. Und zuerst schüttelst du dich gründlich ab.“

Nun hatte Wendelin auch Fritz erblickt.

„Kannst du nicht ein wenig aufpassen, Fritz? Schämt ihr euch denn nicht, in dem Müll herumzuwühlen? Jetzt klopfe deinen Spielgefährten 'mal gut ab.“

Fritz tat es, und als Hermann notdürftig von der gröbsten Asche befreit worden war, mußte er die Hintertreppe vor dem Vater hinaufgehen.

In der Küche saß Grete noch immer eifrig plaudernd mit ihrer Freundin. Als sie den Knaben erblickte, schrie sie entsetzt auf, begann zu weinen; doch Wendelin schnitt ihre Entschuldigungen mit den Worten ab:

„Der Knabe wird sofort gesäubert. Hat Ihnen meine Frau nicht gesagt, daß Sie auf ihn achten sollen?“

Hermann war recht kleinlaut geworden. Aber es war doch so schön gewesen, in der Asche herumzuwühlen und alle die Herrlichkeiten herauszusuchen.

„Meine guten Sachen,“ rief er plötzlich, „der Fritz wird mir meine guten Sachen fortnehmen. – Ich will meine Spielsachen haben!“

Aber Grete schalt den Knaben kräftig aus, so daß Hermann schließlich ganz kleinlaut wurde.

Eine halbe Stunde später stand er wieder frisch gewaschen und gekleidet vor seinem Vater. Harald hatte die Absicht aufgegeben, den Kleinen zu züchtigen. Er erinnerte sich, daß er selbst als Kind so gern im Straßenstaube gesessen und gespielt hatte. Es war doch immer das gleiche. Grete traf hier alle Schuld, die auf den Knaben nicht genügend geachtet hatte. Schließlich war das Unglück ja nicht weiter groß, Wasser und Seife beseitigten die Spuren bald wieder. Hermann hatte bereits seine Strafe erhalten, wahrscheinlich hatte ihn Grete von oben bis unten kräftig abgeseift, und das Waschen war niemals nach Hermanns Geschmack.

„Sollst du in der Müllgrube spielen, Hermann?“

Unsicher blickte der Kleine zu seinem Vater auf, aber die Stimme klang jetzt nicht mehr so streng wie vorhin. Da war es wohl das richtigste, wenn er wieder sein fröhliches Kinderlachen aufsetzte und dem Vater die kleinen weißen Zähnchen zeigte.

„Du hast doch so viel Spielzeug, Hermann, da brauchst du doch nicht im Schmutz zu wühlen."

„Der Hermann möchte so gern sein schönes Spielzeug haben."

„So komm, wir holen den Bär und das Pferd."

„Nein, Vati, der Hermann will das schöne Spielzeug haben."

„Wo ist es denn?"

„Unten, in der Mistgrube!"

„Was ist denn das für Spielzeug?"

„Ach, Vati, so viele schöne Sachen, – eine schöne Flasche und Eisenbindfaden, – und allerlei Schönes, – und das wird mir nun der Fritz alles wegnehmen. Das ist doch aber Hermanns Spielzeug."

„Das alles habt ihr euch wohl aus der Müllgrube aufgelesen?"

„Ja, Vati, so viel schönes Spielzeug."

„Das ist kein Spielzeug, mein Junge, du hast doch viel nettere Sachen. – Hier hast du das Steckenpferd."

„Der Hermann will nicht das olle Steckenpferd."

„Das andere Spielzeug gibt es nicht. Hier, so nimm den Bär!"

„Der Hermann will nicht den Bär, – der Hermann will sein schönes Spielzeug aus der Mistgrube!"

„Hast du nicht gehört, daß es das nicht gibt? Hier hast du den Bär!"

Hermann ergriff das Stofftier und schleuderte es mit Gewalt auf den Fußboden.

„Der Hermann will nicht den Bär!"

„Was fällt dir denn ein, mein Junge?"

„Hermann ist das ganze Glück vom grünen Opa! Oller dämlicher Bär!“

„Du hebst den Bär sofort auf!“

„Der Hermann will nicht!“

„Aber der Vati will es, – hast du verstanden?“

Die blauen Augen des Kindes wurden dunkel und trotzig. „Der Hermann will aber nicht!“

„So, – du willst nicht?“

Scheu blickte das Kind dem Vater nach, der in die Ecke ging und den Rohrstock holte.

„Nun, – wie wird es nun? Du hebst sofort den Bär auf.“

Hermann begann zu weinen. „Der Hermann will doch sein schönes Spielzeug haben, – der Hermann will –“

Weiter kam er nicht. Aber Grete hörte draußen in der Küche, daß drüben wieder einmal Gericht gehalten wurde.

„Ist ihm ganz recht,“ sagte sie, noch immer ärgerlich, „wenn er doch solch ein Dreckfink ist!“

Hermann wurde in die Ecke des Zimmers gestellt. Harald Wendelin war in sein Zimmer hinübergegangen, hatte aber die Tür offen gelassen, damit er die Ecke übersehen konnte.

Da stand nun der kleine Sünder, hatte beide Daumen in den Mund gesteckt, schluchzte von Zeit zu Zeit noch einmal auf und murmelte halblaut:

„Der Hermann will doch sein Spielzeug aus der Mistgrube!“

Ein Weilchen gab sich Harald den Anschein, als höre er nicht, was der Kleine murmelte. Als dann aber das Weinen erneut begann, als es nicht mehr Töne des Schmerzes, sondern Töne des Eigensinns waren, betrat er erneut das Kinderzimmer.

„Willst du nun endlich ruhig sein, oder soll der Rohrstock noch einmal tanzen?“

Nur noch einige glucksende Laute; dann war Hermann mäuschenstill geworden. Doch von Zeit zu Zeit trat der kleine Fuß auf den Boden und schlug den Takt zu den nichtgesprochenen Worten: „Der Hermann will doch sein Spielzeug aus der Mistgrube."

5. Ein unbedachtes Wort und seine Folgen

Auf dem von der Morgensonne beleuchteten Balkon saßen Harald und Bärbel beim Frühstück.

„Ich komme gleich wieder," sagte Bärbel im Aufstehen, „ich will nur sehen, ob er schläft."

Wendelin hielt sein blondköpfiges Frauchen fest. „Spare dir den Weg, er schläft! Er schläft früh um sieben Uhr immer. Sonst würdest du ihn hören."

Bärbel legte den Kopf auf die Seite und sagte kleinlaut: „Und ob der andere wohl auch schläft?"

„Selbstverständlich, mein liebes Kind, wenn Hermann munter wäre, würde er sich bemerkbar machen. Es will mir scheinen, als wäre mein Frauchen seit einiger Zeit etwas nervös."

„Wo denkst du hin," wies Bärbel energisch zurück, „ich und nervös? So etwas kenne ich gar nicht! Der kleine Jürgen ist zwar ein sehr unruhiges Kind, aber es macht doch Spaß, zwei Jungen zu haben."

„Hermann war mit dem Familienzuwachs nicht ganz so einverstanden wie du, ihm war es nicht recht, ein Brüderchen zu bekommen."

Bärbel seufzte. „Großmama hat mir erzählt, daß es mir auch nicht paßte, als bei uns die Zwillinge ankamen. Aber es ist doch sehr gut so. Bald wird er einen Spielgefährten haben, einer paßt dann auf den anderen auf."

Diese Plauderstunde an jedem Morgen war für Bärbel immer die schönste des ganzen Tages. Die beiden Knaben schliefen noch, das

Mädchen hantierte in der Küche, erst wenn Harald nach der Fabrik gegangen war, begann auch für Goldköpfchen die Arbeit.

Seit drei Monaten lag wieder in dem Babykörbchen ein kleines Wesen. Für Bärbel war es eine kurze Enttäuschung gewesen, denn in wochenlangem Überlegen hatte sie sich einen schönen Namen für ein Mädchen erdacht. Immer sprach sie von Juliane, und als es dann doch wieder ein Junge war, war Bärbel genau so ratlos gewesen wie damals, als man ihr den kleinen Hermann in den Arm legte. Harald hatte erklärt, der Knabe könne Julian heißen, aber Bärbel fand den Namen für einen Knaben häßlich, und in letzter Stunde einigte man sich auf Jürgen.

Der kleine Hermann hatte wenig Interesse für das Brüderchen. Anfangs freilich, da hatte er sich darauf gefreut, stellte aber sehr bald fest, daß „der Kleine“ weder laufen noch sprechen könne und zu gar nichts zu brauchen sei.

„Da ist mir mein Bär doch lieber, – wenn ich den auf den Bauch drücke, knurrt er. Aber den Kleinen darf ich nicht 'mal auf den Bauch drücken.“

Wohl kam er von Zeit zu Zeit an das Bettchen des Bruders, schüttelte dann immer wieder das Köpfchen und sagte wegwerfend:

„Is mir viel zu klein, – Dunnerschock!“

Zu manchen Zeiten verzweifelte Bärbel an ihrem Erziehungswerk vollkommen. Jetzt befand sie sich wieder einmal auf einem neuen Feldzug, der zur Austreibung der verschiedensten Schimpfworte und Flüche diente. Bärbel begriff nicht, wie es möglich sein konnte, daß Hermann alle diese Worte behielt und gebrauchte. Da wurde kaum noch ein Satz gesprochen, der nicht mit irgendeinem solchen häßlichen Worte bekräftigt wurde. Der Knabe hatte sich diese Ausdrucksweise bereits so angewöhnt, daß auch die Strenge der Mutter zeitweilig nichts nützte. Jedem neuen Tage sah sie mit gespannter Erwartung entgegen, weil Hermann immer neue Überraschungen bot.

Harald war in die Fabrik gegangen, Bärbel betrat leise das Kinderzimmer. In seinem Bettchen saß der kleine Hermann und ließ den Teddybären turnen.

„Verflixtes Biest!" Das waren die ersten Worte, die Bärbel an diesem Morgen von ihrem Ältesten vernahm.

„Guten Morgen, Hermann!"

„Guten Morgen, liebe Mutti!"

„Hast du gut ausgeschlafen, mein Junge?"

„Jawohl, Mutti, ganz dick und fett geschlafen, – Dunnerkiel!"

„Fängst du schon wieder mit den häßlichen Worten an, mein Junge? Möchtest du heute nicht einmal ein liebes Kind sein und der Mutti Freude machen?"

„Das will der Hermann immer. Dunner –, ach, liebe, gute Mutti –," er schlang seine Ärmchen um den Hals Bärbels, „der Hermann ist ein so lieber Junge, – das weiß er! – Mutti, der Hermann möchte gerne wissen, warum der Teddybär früh nicht gewaschen wird. – Warum wird immer nur der Hermann gewaschen?"

„Der Teddybär hat ein Fell, da braucht er nicht gewaschen zu werden."

„Warum hat denn der Hermann kein Fell?"

„Weil der Hermann ein Mensch ist."

„Und warum ist der Hermann ein Mensch? – Mutti, warum ist der Hermann kein Teddybär?"

Bärbel strich sich mehrfach mit der Hand über die Stirn. Nun ging das beständige Fragen schon wieder an, während des Anziehens, während des Frühstücks und später noch, wenn sie in Haus und Küche hantierte.

„Wir wollen einmal etwas Hübsches spielen, Hermann. Wir machen beide den Mund fest zu und sehen uns immer nur an. Keiner darf lachen, keiner darf sprechen. – Wir sind jetzt mäuschenstill. Wer den Mund am längsten halten kann, bekommt ein Stück Schokolade."

„Hahaha,“ lachte der kleine Hermann, „der gute Junge hat die ganzen Taschen voll Schokolade!“

„Was, von wem hast du die denn bekommen?“

„Vom Fritz. Ich habe ihm dafür gesagt, ich schenke ihm was anderes.“

„Was willst du ihm denn schenken, du Unglückswurm?“

„Vatis Messer mit der kleinen Schere und dem großen Bohrer. Dunnerschlag!“

„Hat dir denn der Vati das Messer gegeben?“

„Nein, aber der liebe Hermann will es dem Fritz schenken.“

„Du darfst doch keine Sachen verschenken, die dir nicht gehören, mein Junge, das wäre Diebstahl.“

„Dunnerkiel, – wegen so 'nem kleinen Ding!“

„Ich werde nachher mit dem Fritz reden, er soll dir auch keine Schokolade geben, Mutti will das nicht haben. Du bekommst genug von deinen Eltern.“

Endlich war es so weit, daß Hermann am Frühstückstische saß. Bärbel eilte zu Jürgen, denn der Kleine meldete sich. Als sie wieder zu Hermann zurückkehrte, stand der Knabe am Fenster und schaute interessiert in den Hof hinab.

„Schwerebrett noch 'mal, Mutti, warum wackelt der Hund mit dem Schwanz, wenn ihn der grüne Opa auf dem Kopfe krabbelt?“

„Er freut sich.“

„Mutti, wird der Hektor auch jeden Tag gewaschen?“

„Der Hektor geht allein ins Wasser.“

„Dunnerschlag, – ersauft er da nicht?“

„Nein, Hektor kann schwimmen.“

„Kann der Teddybär auch schwimmen?“

Bärbel wurde nervös. „Jawohl, der Bär kann auch schwimmen. Wenn man ihn ins Wasser wirft, so schwimmt er."

„Und wenn du den kleinen Jungen ins Wasser wirfst, schwimmt der auch?"

„Jetzt laß mich endlich mit Fragen in Ruhe, Hermann."

„Mutti, schwimmt der kleine Junge auch?"

„Der kleine Bruder ist doch keine Gans oder eine Ente, der kann nicht schwimmen."

„Aber der Hektor ist auch keine Gans oder Ente."

„Aber du bist eine Gans," rief Bärbel, und Zornesröte stieg ihr ins Gesicht. „Jetzt laß mich endlich in Ruhe, ich habe anderes zu tun."

„Ach, Mutti," sagte der Knabe verzückt, „der liebe Hermann ist eine Gans!"

„Ja, ein Gänserich bist du, ein ewig schnatternder Gänserich!" Dann eilte Frau Bärbel aus dem Zimmer und ließ den Knaben allein zurück. Der aber eilte kurz entschlossen hinaus zu Grete, die noch in der Küche hantierte.

„Grete? – Kann ein Gänserich schwimmen?"

„Aber tüchtig!"

„Dunnerwetter –"

„Sollst 'mal sehen, wie der schwimmen kann, – 'rein ins Wasser, dann plustert er die Federn auf, und dann geht es los!"

Der Knabe blies die Backen auf. „Macht er so?"

„Ja, ja, so macht er," sagte Grete und ging dann hinüber ins Schlafzimmer, um dort mit dem Aufräumen zu beginnen.

Nachdenklich blieb Hermann allein zurück. Es war doch fein, daß der Teddybär schwimmen konnte, und daß es auch dem kleinen Hermann gelang, wenn er sich aufblies. Er übte mehrfach, dann kam ihm der Gedanke, daß irgendwo, wenn man hinten zum Hofe hinauslief, ein großes Wasser war, in dem er doch einmal den Bär schwimmen lassen konnte. Es war ihm freilich streng von den Eltern verboten worden, den Hof zu verlassen, aber einmal wollte er doch sehen, ob der Teddybär schwimmen könnte.

Er holte das Spielzeug. Grete und Mutti waren in den Vorderzimmern. Wenn er die Hintertreppe hinablief, merkte niemand etwas von seinem Vorhaben. Bald stand er im Hofe vor der hohen Tür, die den Ausgang ins Freie versperrte. Er rüttelte daran, die Tür gab nicht nach. Er stand eine ganze Weile wartend da, endlich kam eine Frau, die von Hermann gebeten wurde, ihm die Tür zu öffnen. Sie tat es und ging ihres Weges weiter.

Nun stand der Knabe auf der stillen Straße des freundlichen Villengeländes. Genau konnte er sich freilich nicht erinnern, wo das große Wasser war, an dem so viele hohe Stangen standen. Hermann lief also auf gut Glück die Straße hinab, seinen Bär fest im Arm haltend.

Von Zeit zu Zeit traf er Leute, die ihn aber nicht beachteten. Allmählich hörten die Häuser auf, und plötzlich sah der furchtlose Knabe den kleinen See im Sonnenscheine blinken.

„Dunnerkiel!“ Das war alles, was Hermann in seiner Freude hervorstieß. Vorsichtig schritt er bis an den Rand des Teiches, der fast überall mit hohem Schilf bestanden war.

„Du mußt jetzt schwimmen,“ sagte er zu dem Bär, hob den Arm hoch und schleuderte das Spielzeug weit auf die Wasserfläche hinaus. Der Knabe hüpfte vor Vergnügen von einem Fuß auf den anderen, als er sah, wie der Bär von dem Wasser hin und her geschaukelt wurde.

Gar zu gern wäre er nun auch ins Wasser gegangen, doch er traute sich nicht recht. Die Mutti hatte zwar gesagt, wenn er die Backen aufblase, könne er auch schwimmen, doch dann wurde der Anzug naß, und er bekam Schelte.

„Komm her!“ rief er dem Bär zu. Aber der schwamm langsam weiter vom Ufer fort. „Du verflixtes Biest, komm her!“

Alles Drohen half nichts. Der Knabe suchte ein Stück Holz und schleuderte es ins Wasser, in der Absicht, den ungehorsamen Bär zu treffen. Schließlich fand er eine lange Gerte, mit der er versuchen wollte, den Bär wieder aus dem Wasser zu fischen.

„Kommst du her – du Lümmel – wird's bald! – Na warte, du kriegst was mit dem Rohrstock!"

Immer aufgeregter hantierte der Knabe mit der Gerte am Rande des Teiches. Vorübergehende wurden auf ihn aufmerksam.

„Du wirst ins Wasser fallen, mein Junge!"

„Will meinen Bär wiederhaben."

„Den kannst du nicht bekommen, der ist fortgeschwommen."

„Ich will meinen Bär wiederhaben!"

„Warum hast du ihn denn ins Wasser geworfen?"

Hermann warf dem Manne einen zornigen Blick zu und hielt es für angebracht, aus dessen Nähe zu kommen.

„Geh lieber heim, sonst geschieht noch ein Unglück. Solche kleine Jungen, wie du, dürfen nicht allein am Wasser sein. – Komm mit mir."

Der Knabe machte ein böses Gesicht und lief davon. Aber er dachte nicht daran, heimzugehen, zuerst wollte er seinen Teddy wiederhaben.

Der Mann wandte sich noch mehrfach nach dem Kleinen um, blieb dann stehen, drohte dem Kinde, das sich erneut dem Ufer des Teiches näherte. Er verlangsamte die Schritte, denn er hatte Sorgen um das einsame Kind, das die Gefahr, in der es sich befand, nicht erkannte.

Während der kleine Hermann überlegte, ob er wohl den Sprung ins Wasser wagen sollte, rief Bärbel daheim nach ihrem Ältesten. Plötzlich erfaßte sie jähe Angst.

„Grete, – haben Sie Hermann nicht gesehen?"

„Nein, gnädige Frau, – er kam vorhin zu mir in die Küche und fragte, ob er ein Gänserich sei und schwimmen könnte."

„Um Himmels willen, Grete, wo ist das Kind?“

Die Tür nach der Hintertreppe stand weit offen. Bärbel eilte auf den Hof hinunter und rief laut nach dem Knaben. Die Worte des Mädchens waren wie eine Zentnerlast auf ihre Seele gefallen. Sie eilte zur Hoftür, – wahrhaftig, die war nur angelehnt.

„Hermann – Hermann!“

Was hatte er sie doch vorhin gefragt? Ob der Bär schwimmen könnte, – ob der kleine Bruder schwimmen könnte und ob er, den sie einen Gänserich gescholten hatte, auch zu schwimmen vermöge.

„Allmächtiger, was habe ich denn da gesagt!“ Schon stand Bärbel auf der Straße. Sie erinnerte sich eines Spazierganges, den sie mit ihren Angehörigen gemacht hatte. – Der Teich war das helle Entzücken des Knaben gewesen, und noch nach Tagen hatte er immer wieder verlangt, zu dem Teich geführt zu werden. – Sollte es möglich sein, daß Hermann allein den Weg dorthin eingeschlagen hatte?

Im Garten eines der Nachbarhäuser arbeitete eine ihr bekannte Dame.

„Haben Sie meinen Jungen gesehen?“ rief sie in größter Hast der anderen zu.

„Vor wenigen Minuten lief ein kleiner Knabe vorüber, ich habe ihn leider nicht genau angesehen. Er trug einen weißen Leinenkittel.“

„Ja, – ja –“

Bärbel eilte weiter. Sie sah weder die erstaunten Blicke aller jener, denen sie auf der Straße begegnete, sie sah nicht die Gärten in ihrer Sommerpracht rechts und links der Straße. Sie jagte in schnellstem Laufe weiter, denn sie fühlte es, daß ihr Hermann zu jenem Teiche geeilt war. Sie wußte, daß sie ihn dort finden würde, – aber wie?

Kann eine Gans schwimmen? – Immer wieder kehrte ihr diese Frage ins Gedächtnis zurück. Ihre Blauaugen schwammen in Tränen, das Herz pochte so stürmisch, daß sie meinte, an diesen hämmernden Schlägen ersticken zu müssen. – Nur schnell weiter!

Vor ihren tränengefüllten Augen tauchte endlich der Teich auf. – Wo war das Kind?

„Hermann – Hermann!“ Ihre angstdurchzitterte Stimme scholl über die Wiese.

In diesem Augenblick ertönte ein Schrei. Der Knabe, der erneut mit einem Stock nach dem Bär angelte, war ausgeglitten und ins Wasser gefallen. Bärbel hörte diesen Schreckenston und wußte, daß das Entsetzliche soeben Wirklichkeit geworden war.

„Er ertrinkt, – mein Kind ertrinkt!“ Gellend schrie sie auf und eilte der Richtung zu, aus der der Schrei gekommen war.

Auf dem Wasser war etwas Gelbes sichtbar. Aber das war nicht ihr Hermann. – Aber hier, ganz dicht am Rande! Ohne Überlegung eilte Bärbel die kleine Böschung hinab und warf sich in den Teich. Sie griff nach dem weißen Bündel; aber ihre Sinne verwirrten sich so, daß sie nur das Schilf erfaßte. Vor ihren Augen tanzte alles in wildem Reigen. – Dort, das weiße Bündel.

„Mein Kind ertrinkt – zu Hilfe – zu Hilfe!“

Was weiter geschah, wußte sie selbst nicht recht. Ehe ihr die Sinne vergingen, fühlte sie, daß sie etwas umklammert hielt, die Angst, der Schreck, der Sprung ins Wasser waren zuviel für ihre erregten Nerven.

„Keine Sorge, liebe Frau.“

Mit geschlossenen Augen, totenblaß, lag sie am Rande des Teiches, neben ihr der jämmerlich schreiende Hermann.

„Junge, jetzt sei still,“ sagte der tapfere Helfer, der den entsetzten Schrei des Knaben vernommen hatte und sogleich herbeigeeilt war. Es war gut so gewesen. Wenn auch der Knabe noch ziemlich vornan im Wasser lag, hatte doch Bärbel in ihrer Erregung nicht richtig zugegriffen, sie war ohnmächtig geworden, ehe sie das Kind erfaßt hatte. Er war daher gerade zur rechten Zeit gekommen, um Mutter und Kind ohne eigene Gefahr aus dem Wasser herauszuziehen.

Da bei Bärbel keine Gefahr des Ertrinkens vorlag, hielt es der biedere Landmann für richtig, den brüllenden Knaben zuerst zur Ruhe zu bringen und die Mutter sich selbst zu überlassen.

„Wenn du jetzt nicht sofort stille bist, du Bengel, bekommst du noch tüchtige Prügel. Soll ein Junge ins Wasser gehen?"

„Mein Bär, – der gute Hermann will seinen Bär haben!"

„Jetzt höre auf zu schreien, Junge, ich mache kurzen Prozeß!"

Die herrische Männerstimme schüchterte den Knaben ein; er schluchzte noch mehrmals stoßartig auf und rief dann leise nach der Mutti.

„Stille bist du! Deine Mutti ist krank."

„Mutti – Mutti!"

Die flehenden Kinderlaute riefen Bärbel ins Bewußtsein zurück. Nur einige Sekunden starrte sie vor sich hin, dann gellte erneut ein Schrei von ihren Lippen:

„Mein Kind, – mein Kind!"

„Hier haben Sie den nassen Bengel."

„Hermann, mein Junge!"

Erneut sank Bärbel zurück, aber ihre Arme preßten den völlig durchnäßten Knaben an sich.

„Hermann will den Bär – Donnerwetter!"

Noch niemals hatte ihr die Stimme ihres Kindes so süß in den Ohren geklungen wie jetzt. Er lebte, – der Schreck hatte ihm nichts geschadet.

„Mein lieber Junge, Lob und Dank, ich habe dich wieder."

„Einen Kuß verdient die Rübe jetzt nicht, – den prügeln Sie zuerst 'mal gehörig durch. Jetzt aber stehen Sie auf, Sie werden sich erkälten. Sie sind ja ganz durchnäßt. Warten Sie, ich trage Ihnen den Jungen heim. – Wo wohnen Sie denn?"

„Nein, nein," wehrte Bärbel ab, „ich lasse ihn nicht mehr aus meinen Armen."

Als sie sich erhob, wurde sie zunächst von einer neuen Schwäche befallen. Die Knie zitterten, ein Frösteln durchlief ihren Körper, sie lehnte sich an die Schulter ihres Retters und sagte matt:

„Mir ist so elend."

„Hab's mir schon gedacht, junge Frau, Sie sehen ja aus wie ein Blatt Papier. – So, nun halten Sie sich fest an mich, den Jungen nehme ich auf den Arm."

„Hermann will zu seiner Mutti!"

„Du schweigst, oder ich werfe dich noch einmal ins Wasser!"

„Der Hermann will –" Der Knabe verstummte, die derbe Männerhand hatte ihm einen Schlag versetzt.

„Erst ins Wasser laufen und dann noch Wünsche haben, – schäm' dich, – und jetzt kein Wort mehr, oder ich bringe dich zurück zu den Fröschen."

Bärbel fühlte sich so elend, daß sie nichts sagte. Ihre blassen Lippen schlugen aufeinander und murmelten, kaum verständlich: „Ich habe ihn wieder, meinen Jungen, meinen lieben Jungen!"

Erstaunt schauten die Bewohner der Villenstraße auf die eigentümliche Gruppe. Aber der Mann drängte zur Eile, und wenn Bärbel zusammenzusinken drohte, riß er sie energisch mit sich fort.

„Nur jetzt der Schwäche nicht nachgeben, junge Frau, die Zähne zusammenbeißen. Müssen wir rechts oder links gehen?"

„Links, dort jenes weiße Haus."

Die Villa war erreicht. Schon im Vorgarten ließ der Mann laute Rufe hören. Der Forstrat trat heraus, Gretes Gesicht zeigte sich oben an einem der Fenster.

„Was ist denn geschehen? – Unsere junge gnädige Frau –"

Hilfreiche Hände waren sofort zur Stelle. Frau Schmeling sorgte dafür, daß man Bärbel entkleidete, abrieb und zu Bett brachte. Grete kleidete den kleinen Hermann um, den der Forstrat sofort in seine Obhut nahm. Dann ließ er sich von dem wackren Helfer erzählen, was sich ereignet hatte.

Mit einer reichlichen Belohnung wurde dieser verabschiedet. Dann wandte sich der Forstrat dem kleinen Hermann zu.

„Du bist doch ein recht unartiger Knabe, Hermann! Wenn die Mutti nun krank wird, hast du allein die Schuld."

„Warum wird die Mutti denn krank, grüner Opa?"

„Weil du fortgelaufen bist, weil du ins Wasser fielst und die arme Mutti dich herausziehen mußte."

„Wird man immer krank, wenn man ins Wasser geht? Wenn der Hermann doch aber ein Gänserich ist und sich aufplustern kann?"

Auf diese Weise erfuhr der Forstrat von den unvorsichtigen Äußerungen der jungen Mutter. Freilich, das beständige Fragen des Knaben konnte diese zur Verzweiflung bringen, doch Frau Goldköpfchen hätte sich nicht so weit hinreißen lassen müssen, eine so gefährliche Auskunft zu geben. Jetzt hatte sie diese Äußerung schwer zu büßen. Es war wohl am besten, sofort an Oberingenieur Wendelin zu telephonieren, ihm den Vorfall zu schildern, damit er heimkäme. Bärbel würde schneller ruhig werden, wenn der Gatte an ihrem Lager weilte.

Der gutherzige Forstrat übernahm denn auch die Mitteilung, und Harald Wendelin erwiderte, daß er sofort heimkommen werde. Er war in größter Sorge um sein junges Weib, denn wenn ihr auch das kalte Bad nichts geschadet haben würde, konnte das Vorkommnis doch schwerwiegende seelische Folgen für sie haben. Bärbel machte sich sicherlich wieder die schwersten Vorwürfe, daß sie eine schlechte Mutter, eine ungenügende Erzieherin sei, und das würde lange Zeit auf ihr Gemüt drücken. Es war daher wohl richtig, wenn er die Angelegenheit, so traurig sie ihm auch dünkte, nicht zu ernst nahm, um Bärbel nicht noch tiefer niederzudrücken.

Er kam heim. Zunächst wurde der kleine Hermann geholt, der eine tüchtige Tracht Prügel vom Vater bekam. Einmal für seine Unfolgsamkeit, dann für seinen Eigensinn und zur Verhütung etwa noch kommender Fälle.

Tränenüberströmt flüchtete der Knabe zum grünen Opa, aber auch dort hörte er heute nur sehr ernste Ermahnungen. So saß er allein in einer Ecke und weinte bitterlich.

Harald war zu seiner Frau hinaufgeeilt. Er erschrak, als er sein geliebtes Goldköpfchen erblickte. Totenblaß das liebliche Antlitz, die Augen weit geöffnet, wilde Verzweiflung im Blick.

Er griff nach ihren kalten Händen.

„Kinder haben ihre besonderen Schutzengel, mein Bärbel. Der Knabe spielt unten wieder vergnügt und munter mit dem Forstrat. Nimm es doch nicht so schwer, mein Liebling, es ist ja alles noch gut ausgegangen. – Warte, ich bringe dir ein Glas Wein, es wird dir gut tun."

Sie sagte kein Wort, sah auch den Gatten nicht an. Er nahm ihren Kopf zwischen beide Hände.

„Mein Bärbel, mein geliebtes Goldköpfchen, – was fehlt dir?"

Der zärtliche Ton seiner Stimme riß an ihrem Herzen. Ein Zucken überlief ihr Gesicht, und plötzlich brach wildes Weinen hervor.

„Ich – bin ja an allem schuld, – ich bin nicht wert, eine Frau, eine Mutter zu sein. – Jage mich nur ruhig fort, Harald!"

„Aber, mein geliebtes Bärbel, was sind denn das für Worte? Machen wir denn nicht alle Fehler? – Bist du nicht eine treusorgende und liebevolle Mutter, – hast du nicht eben gezeigt, wie du auf der Hut bist?"

„Wenn er ertrunken wäre –"

„Aber, mein liebes Goldköpfchen, unser Junge hat den Schreck schon längst überwunden, und dieser Schreck wird ihm eine heilsame Lehre sein."

Sie legte die Arme fest um den Hals des Gatten, drückte ihr blasses Gesicht an seine Schulter und weinte leidenschaftlich.

„Harald, – ach Harald, – ich bin keine gute Mutter!"

„Hat dir die Mutti denn nicht oft genug gesagt, daß die Aufgabe, Mutter zu sein, eine der schwersten ist, die das Weib zu erfüllen hat? Du bist noch sehr jung, mein Bärbel, vielleicht noch zu jung für diesen verantwortungsvollen Posten, und darum machst du noch manchen Fehler. Aber du wirst es lernen, denn der heutige Tag wird dich um ein gutes Stück weiterbringen. – Schau, mein geliebtes Kind, du erzähltest mir einmal, daß du während deiner Lehrzeit eine Platte zerbrachst, die das Bild eines bedeutenden Mannes darstellte. An diesem Tage glaubtest du alles für verloren. Dieser Tag hat aus dem neugierigen kleinen Lehrling ein ernstes, pflichtbewußtes junges Mädchen gemacht. Heute wäre beinahe auch solch eine kostbare Platte zersprungen, aber der Himmel hat es gnädig verhütet. Dafür wollen wir ihm von Herzen dankbar sein, und aufs neue wollen wir uns versprechen, die zarten Pflänzlein, die in unserem Ehegarten herankeimen, doppelt sorgsam zu hüten. Es ist schwer, mein Bärbel, sehr schwer; und für dich noch viel verantwortungsvoller als für mich. Aber auch du wirst es meistern, – du, mit deinem goldenen Herzen und dem beständigen Streben, alle Pflichten gewissenhaft zu erfüllen. – So, jetzt schau mir in die Augen, du hast keinen Grund, hoffnungslos dreinzublicken, im Gegenteil, sei glücklich, daß alles so gut ablief."

In langem, tiefem Schweigen hielten sie sich umschlungen. Da wurde die Stille ganz plötzlich durch einen lauten Kinderruf unterbrochen. Der Forstrat war mit dem kleinen Hermann im Garten; er erklärte ihm wohl die einzelnen Blümchen.

„Dunnerschlag!"

Da lächelte Harald Wendelin sein Weib an, und Bärbel lächelte glücklich zurück.

„Laß nur, mein Bärbel, auch das wird er wieder verlernen, sein Herz ist gut!"

6. Selige, goldene Backfischzeit

Es hatte ein ganzes Weilchen gedauert, ehe in Bärbel das seelische Gleichgewicht wiederhergestellt war. Harald hatte nichts Besseres gewußt, als Großmama Lindberg zu benachrichtigen, die noch am selben Abend von Dresden nach Heidenau gekommen war, um dort für die nächsten Wochen Wohnung zu nehmen. Frau Lindberg war längst der Ansicht, daß sich Bärbel zu ihrer Entlastung noch eine zweite Hilfe nehmen mußte. Viele andere Mütter hatten das nicht nötig; da aber Bärbel nach jeder Richtung hin ihre Pflichten übertrieb und sich viel zuviel zumutete, war es gut und richtig, wenn ihr jemand einen Teil ihrer Arbeiten abnahm.

Zunächst wollte die gute Großmama diese Pflichten übernehmen, dann aber war sie vielleicht auch die Geeignete, um ihre aufgeregte Enkelin zu beschwichtigen. Hier nützten natürlich keine Vorwürfe, nicht einmal sanfte Ermahnungen, hier konnte sie Bärbel nur ganz allmählich dazu erziehen, vorsichtiger zu sein.

Als Frau Lindberg nun Bärbels Hand in der ihren hielt und das blasse Gesicht der jungen Mutter streichelte, wurde Bärbel langsam ruhiger. Wenn sie sich aber nun die Episode des heutigen Nachmittags ins Gedächtnis zurückrief, überflog ein Zittern ihren schlanken Körper. So versuchte die gute Großmama immer wieder durch fröhliche Geschichten die Gedanken ihrer Enkelin abzulenken, denn Bärbel mußte möglichst rasch innerlich wieder zur Ruhe kommen.

Ganz besondere Sorgfalt verwandte die Großmutter auf den Ältesten. Sie hatte schon lange erkannt, daß Hermann ein schwer erziehbarer Knabe war. Auch Bärbel war in ihrer Jugend ein kleiner Eigensinn gewesen, doch bei diesem Knaben trat diese Charaktereigenschaft noch stärker hervor, und es bedurfte aller Energie und Überlegung, um Hermann im Zaume zu halten. Zu diesem Eigensinn gesellte sich eine ungeheure Wissensgier. Über jedes Wort, das der Knabe irgendwo hörte, wollte er Aufklärung haben, und Frau Lindberg unterdrückte manchen Seufzer, wenn das beständige Fragen gar nicht aufhören wollte. Schon der Name „Urgroßmutter“ hatte den Knaben zu reiflichem Nachdenken veranlaßt. Und als Frau Lindberg eines Tages eine große Uhr an einer Kette um den Hals trug, sagte Hermann wie befreit:

„Jetzt weiß ich endlich, warum sie dich Urgroßmutter nennen. Hast du noch mehr Uhren?“

„In meiner Wohnung, – ja!“

„Die Mutti hat auch mehrere Uhren. Ist die Mutti denn auch eine Uhrmutter?“

„Nein, mein Junge.“

„Da gibt es wohl nur alte Uhrgroßmütter? Uhrgroßmütter müssen wohl immer weiße Haare haben?“

Es war schwer, dem Knaben die Bedeutung dieses Wortes zu erklären. Aus einer Antwort wurden zehn neue Fragen, die Frau Lindberg mit unendlicher Langmut und Güte immer wieder beantwortete.

Harald und Bärbel empfanden die Anwesenheit Frau Lindbergs als eine große Wohltat. Bärbel wußte, daß sie ihre Kinder in keinen besseren Händen lassen konnte als in deren, und so machte sie auch mehrfach mit dem Gatten die von diesem gewünschten Spaziergänge. Es dauerte nicht lange, da hatten ihre Blauaugen wieder den alten strahlenden Glanz erhalten, und jenes schreckliche Ereignis am Teiche warf nur noch hin und wieder einen Schatten auf Bärbels Lebensweg.

Aber ein Gutes hatte der Schreck doch gehabt. Bärbel gab sich jetzt Mühe, ruhiger und gemäßigter zu sein, über ihrem Wesen lag viel mehr frauliche Würde als bisher, und die Antworten, die sie ihrem Sohne gab, wurden erst vorsichtig überlegt, damit sie dem auf alles spannenden Knaben nicht Anlaß zu neuen Streichen gab.

Es gelang auch Frau Lindberg, Bärbel davon zu überzeugen, daß entweder eine tüchtige Kinderfrau oder eine geprüfte Kindergärtnerin ins Haus genommen werden sollte. Bärbel hatte mehr Meinung für eine Geprüfte, aber Frau Lindberg riet doch zu einer älteren Frau, denn sie war aus der alten Schule und meinte, daß zwei junge Dinger in einem Haushalte nicht gut täten. Außerdem kannte sie eine zuverlässige Frau, die vierzehn Tage später ihren Einzug in der Villa in Heidenau hielt.

Der erste Oktober rückte näher – ein Tag des Gedenkens. Auf jedem neuen Kalender war stets von Bärbels Hand eigenhändig vermerkt worden: Ersten Oktober 19.., nachmittags zwischen drei und vier Uhr, in der zoologischen Abteilung des Zwingers, Treffpunkt aller Mitschülerinnen.

So war es zehn Jahre lang gehandhabt worden, denn beim Schulabgang hatten sich die damaligen Sekundanerinnen feierlich gelobt, im Zwinger ein Zusammentreffen herbeizuführen. Keine sollte sich abhalten lassen, jede müsse kommen, es würde ein Tag von allergrößter Bedeutung sein.

Die wenigen Mitschülerinnen, mit denen Bärbel später noch in Fühlung geblieben war, hatten oft dieses Zusammentreffen erwähnt, und erst kürzlich hatte Bärbel mit Edith darüber gesprochen, um deren Meinung bezüglich des Zusammentreffens kennenzulernen.

„Du kommst doch bestimmt hin, Edith?“

„Nun ja, – wir haben es uns damals fest versprochen, aber viel Zweck hat es nicht. Wir sind uns fremd geworden. In zehn Jahren ist doch eine jede von uns eigene Wege gegangen, hat sich nach dieser oder jener Seite entwickelt, ich glaube, wir erleben nur Enttäuschungen, Bärbel.“

„Ich denke es mir wunderschön, Edith, – was werden wir alle zu berichten haben!“

„Du liebe Zeit, wir werden unser Innerstes den anderen gewiß nicht öffnen. Wir sind heute keine Backfische mehr, Bärbel. Damals, als wir hinter dem Schauspieler herstiegen, als wir gemeinsam Dr. Hering ärgerten, als wir den Klub Blau-Blümelein gründeten, ja, – damals lag das Leben noch vor uns, da hofften wir. Heute ist die Ernüchterung über uns gekommen."

„Ach, Edith, sei nicht undankbar! Ach ja, es waren herrliche Zeiten, du glaubst gar nicht, wie oft ich es meinem Harald erzähle. Es sind ja so schöne Erinnerungen. Du hast doch auch immer mitgemacht, gerade du warst mir immer die Liebste von allen. Und jetzt bist du so ganz anders geworden, Edith."

Die andere zuckte die Achseln. „Wenn man so wenig Freuden im Leben hat wie ich."

„Vielleicht geht es anderen unserer Mitschülerinnen viel schlechter, Edith. Sieh, du hast doch einen guten Mann, der für dich sorgt, du kannst dir Zerstreuungen schaffen. – Bedenke doch, liebe Edith, ein jeder ist seines Glückes Schmied."

Es tat Bärbel unendlich leid, daß gerade Edith, mit der sie in der Backfischzeit so viele tolle Streiche ausgeführt hatte, griesgrämig geworden war. Wie gern hätte sie ihr geholfen. Aber vielleicht fehlte dieser Ehe das Beste. Wenn auch bei Edith ein kleiner Quälgeist im Hause geweilt hätte, wäre alles vielleicht ganz anders. Dann hätte Edith heilige Mutterpflichten, Aufgaben, die sie ganz ausfüllten, die ihr das Leben nicht so zwecklos erscheinen ließen.

Sogar Harald freute sich auf die Zusammenkunft. Wieviel neue Eindrücke würde sein geliebtes Goldköpfchen mit heimbringen! Er erinnerte Bärbel häufig an den ersten Oktober, und oft genug tauschte man Vermutungen aus, wer wohl am nächsten Donnerstag nachmittags zwischen drei und vier Uhr im Zwinger erscheinen werde.

„Aus deinen Erzählungen kenne ich alle deine Freundinnen recht gut, mein kleines Frauchen, du mußt mir also genau berichten, was aus einer jeden von ihnen geworden ist."

„Ob auch Hella Brodowin kommen wird? Vor fünf Jahren habe ich zum letzten Male von ihr gehört. Weißt du, Harald, das ist die, die im Klub Blau-Blümelein immer das Geld kassierte, die uns aufhetzte und uns in der Schule so schlechte Dienste leistete. Niemand mochte sie recht leiden. Aber schließlich gehörte sie doch zur Sekunda."

„Natürlich kenne ich Hella Brodowin aus deinen Berichten, mein Goldköpfchen: unter dem Namen Alla Brodowi ist sie doch zur Bühne gegangen. Dann hat man nichts mehr von ihr gehört."

„Vielleicht ist sie jetzt beim Film, steckt drüben in Amerika und kann am Donnerstag nicht kommen."

„Koste nur das Zusammensein recht gründlich aus, mein geliebtes Bärbel. Großmama hat versprochen, herzukommen, außerdem haben wir in Frau Leuschner eine so zuverlässige Kraft, daß du unbesorgt mit deinen Schulfreundinnen feiern kannst. Und wenn dir diese oder jene besonders zusagt, so halte die Beziehungen aufrecht, lade dir die einstigen Schulgefährtinnen ein, denn auch ich würde mich freuen, zu hören, was aus allen den übermütigen Backfischchen geworden ist."

So kam der erste Oktober heran. Bärbel war schon am Morgen erregt, das Mittagessen wurde heute sogar etwas früher als üblich angerichtet; und als gegen zwei Uhr Frau Lindberg eintraf, stülpte sich Bärbel den neuen Hut auf die goldenen Locken.

„Ei, ei, Bärbel," neckte die Großmama, „ein klein wenig Eitelkeit steckt also doch in meinem Enkelkind. Ein neues Kleid, und sogar ganz modern."

„Daran hat Harald schuld. Er sagte, er wünscht, daß seine Frau vor den Freundinnen bestehen kann. Er ist der Eitle, Großmama."

Mit viel Stolz schaute Frau Lindberg ihrer Enkelin nach. Was war doch Bärbel für eine anmutige junge Frau! Der kindliche, treuherzige Ausdruck ihres Gesichtes war auch in der Ehe nicht verlorengegangen, man hätte kaum glauben mögen, eine Mutter von zwei lebhaften Knaben vor sich zu haben.

Es war noch lange nicht drei Uhr, als Bärbel den Zwinger betrat.

Suchend schaute sie sich um. Niemand war anwesend. Eine große Enttäuschung malte sich auf ihrem Gesicht. Sie sah nach der Uhr. Noch immer war es nicht drei. Nun ja, da mußte sie eben noch warten. Aber alle die wertvollen Tiere erregten heute ihr Interesse nicht, Bärbel wartete sehnsüchtig auf die einstigen Schulfreundinnen.

Als sie zum dritten Male die wenigen Säle durchschritten hatte, hellte sich ihr Gesicht auf. Dort, jene Dame, in dem schlichten, aber immerhin ganz netten Mantel, das war doch Gabriele Langen?

„Gabriele, bist du es?"

Ein stürmisches Händeschütteln.

„Ich dachte, ihr hättet es vergessen. – Ach, Bärbel, wie ich mich freue!"

Nun ging es sofort ans Erzählen. Gabriele Langen war unverheiratet, hatte sich zur Röntgenschwester ausbilden lassen und fühlte sich in ihrer Stellung am Dresdener Städtischen Krankenhause sehr wohl und zufrieden. Neidlos hörte sie Bärbels Bericht an, der jetzt von einem lauten Ausruf unterbrochen wurde:

„Bärbel Wagner, – bist du es? Na natürlich, –"

„Valeska – Valeska Meißner!"

„Jetzt Valeska Wolten genannt. Schon sechs Jahre verheiratet! Ach, liebe Freundinnen, wie freue ich mich! Ich hätte fast nicht kommen können, aber der Chef hatte ein Einsehen, daß solch ein Zusammentreffen wichtig ist."

„Ich denke, du bist verheiratet?" fragte Goldköpfchen zögernd.

„Ja, – freilich, ich habe einen guten Mann und zwei liebe Kinder. Leider hat mein Fritz seit langem keine Stelle. Ich habe Glück gehabt, ich habe mich in Buchführung ausbilden lassen und nun eine Vertrauensstellung inne, muß allerdings von früh bis abends tätig sein. Das macht aber nichts, schlimm dabei ist nur, daß man so wenig von seinen Kindern hat."

Mit großen Augen schaute Bärbel ihre einstige Mitschülerin an.

„So mußt du alles verdienen, was ihr zum Leben braucht?"

„Hoffentlich findet Fritz bald wieder eine Stellung. Es ist heute doch recht schwer. Ach ja, mitunter wird es einem doch recht sauer. Aber mein Fritz hat mich lieb, die Mädelchen sind reizend, so muß man zufrieden sein. Denke doch, wie schlimm es wäre, wenn ich nichts verdienen könnte."

Inzwischen hatte sich auch Edith Rindermark eingefunden, die ebenfalls stürmisch von den Anwesenden begrüßt wurde.

„Mir scheint, es kommt nun keine mehr," sagte Bärbel, „aber bis vier Uhr wollen wir doch warten. Dann gehen wir zusammen in eine Konditorei."

„Kinder," rief Gabriele, „die kleine Konditorei vom Blau-Blümelein-Klub ist noch vorhanden, da gehen wir hin."

„Das ist doch – die elegante Dame dort drüben, mit den funkelnden Brillanten, – Kinder, das ist doch Helene Almer?"

Ein kurzes Zögern, dann kam die Fremde auf die Gruppe der Wartenden langsam zugeschritten.

„Bärbel? – Gabriele?"

„Helene, – du bist es also wirklich? Ach, wie ist das nett! Von dir hat man ja gar nichts mehr gehört. Wie herrlich, daß so viele von uns den ersten Oktober nicht vergaßen. – Wie geht es dir denn?"

„Das braucht ihr doch nicht erst zu fragen," warf Edith Rindermark dazwischen, „allein schon deine Ohrringe schätze ich auf mindestens fünftausend Mark."

Gleichmütig zuckte die Angeredete die Schultern. Das schöne, ebenmäßige Gesicht wurde von einem Schatten verdunkelt.

„Es geht mir gut," sagte sie mit müder Stimme. „Ich leide freilich keine Not."

„Von dir habe ich doch gehört, Helene!" sagte Gabriele nachdenklich. „Mir ist es, als hätte ich vor Jahren deine Verlobungsanzeige gelesen. – Bist du nicht im Rheinland verheiratet?"

„Ja, – ich heiße jetzt Helene Werffen."

„Also doch," sagte Gabriele, „irgendjemand erzählte mir 'mal, daß du eine geradezu fabelhafte Partie machtest. Einer der größten Hüttenbesitzer, ein sogenannter Schlotbaron. – Na, stimmt es?"

„Ja, mein Mann besitzt mehrere Eisenhütten."

„Da bist du aber zu beneiden. Wo hast du ihn denn kennengelernt?" fragte Edith neugierig.

„Bin ich wirklich zu beneiden, Edith? Ich weiß freilich nicht, wie es dir geht, das werde ich nachher hören. Aber ich glaube, ich tauschte gerne mit allen von euch."

„Ich tauschte sofort mit dir!" rief Edith.

„Willst du einen ständig kranken Mann und ein Kind haben, das mit vier Jahren noch nicht das Wort „Mutter" sprechen kann?"

Das lebhafte Lachen und Schwatzen verstummte jäh. Durch die Stimme Helenes klang tiefes Leid.

„Ich glaube, es kommt nun niemand mehr," sagte Bärbel, nur um die drückende Stille zu unterbrechen. „Seid ihr damit einverstanden, daß wir zu den Blau-Blümelein gehen?"

„Oh, meine geliebten Freundinnen, – oh, ihr einstigen Blau-Blümelein, ich grüße euch! Tausendmal herzlich willkommen, – ja ja, da seid ihr ja alle! Das goldhaarige Bärbel, das braunäugige Helenchen, die übermütige Edith. Willkommen, ihr Geliebten! – Wie doch mein Herz vor Freude schlägt, euch alle wiederzusehen!"

„Hella Brodowin," ging es flüsternd durch die kleine Schar.

Die Neuangekommene war sehr auffallend gekleidet. Bärbel stellte mit gerümpfter Nase fest, daß Hella nach einem ganzen Parfümerieladen roch, daß ihr Gesicht geschminkt, die Lippen gefärbt waren.

„Ich habe den Tag nicht vergessen, wie könnte ich auch? Zu jeder Stunde habe ich daran gedacht. – Oh, ihr Lieben, nun wollen wir den Tag gemeinsam feiern und Erinnerungen austauschen. Es wird unendlich viel zu erzählen geben. Auch mein Leben ist ein einziger Roman. Kinder,

Kinder, ich muß euch erzählen. – Als ich auf der Bühne stand, die Blumensträuße flogen um mich herum, – so ein Applaus umbrandet einen wie eine Welle. – Hat mich einer von euch schon auf der Bühne gesehen?“

„Nein.“

„Aber, – das finde ich nicht nett. Ihr müßt doch kommen, – ich spiele zwar im Augenblick keine große Rolle, aber das kommt demnächst. Ich sage euch, was es an hervorragenden Rollen nur gibt, habe ich bereits gespielt. Mein Name ist berühmt.“

„Ich habe ihn noch nicht gehört,“ erwiderte Bärbel trocken.

„Ach, du in deinem Dillstadt, in dem Nest. – Lebst du noch immer dort?“

„Du läßt uns ja nicht reden, Hella, – nein, ich bin nicht mehr da, ich bin verheiratet.“

„Auch an einen Pillendreher?“

„Diese gräßliche Person verdirbt uns doch wieder unser Zusammensein,“ flüsterte Gabriele ihrer Freundin Edith zu. – „Wie schade, daß wir nicht schon fortgegangen sind.“

„Es ist doch sehr interessant für euch, einmal etwas aus der Bühnenwelt zu hören.“

„Von der werden wir nicht viel Vernünftiges hören. Aber, es ist bereits zehn Minuten nach vier, ich denke, wir können nun gehen.“

„Aber nicht in jenes elende kleine Café,“ meinte Hella Brodowin. „Wir sind doch hübsche junge Damen, da ist es interessanter, wenn wir ein erstklassiges Musikcafé besuchen, wo ein Tanztee veranstaltet wird und es etwas Besonderes zu sehen gibt.“

„Ach nein,“ meinte Bärbel, „wir wollen nicht tanzen, wir wollen doch Erinnerungen austauschen.“

„Das können wir auch im Café Nord. – Sei doch nicht immer so spießbürgerlich.“

Bärbel war für Abstimmung, und da nur Hella Brodowin für das Café Nord stimmte, mußte sie sich fügen.

„Ich denke, ihr steigt in mein Auto," sagte Helene, „alle haben wir darin natürlich keinen Platz, doch wird mein Chauffeur noch einen zweiten Wagen heranrufen."

„Hast du gehört," flüsterte Edith neidvoll, „sie ist im eigenen Wagen von Düsseldorf nach Dresden gekommen. – Ach, muß die viel Geld haben!"

Als man draußen den prachtvollen Kraftwagen stehen sah, wurde Ediths Gesicht noch finsterer.

„Ach ja, wer es auch so haben könnte!"

„Aber, Edith," sagte Bärbel fast kummervoll, „hast du denn nicht gehört, wie es ihr geht? Ich kann sie nicht beneiden."

Hella Brodowin war die erste, die in dem eleganten Fahrzeug Platz nahm. „Ihr müßt mir das nicht verübeln," sagte sie lachend, „ich fahre nur Limousine. Aber wenn ihr hineinsteigen wollt, so steige ich eben wieder aus."

„Nein, nein, bleibe nur ruhig sitzen," meinte Bärbel, „wir können uns einen Wagen allein nehmen."

„Nun, habt ihr es euch überlegt? Nicht wahr, Café Nord?"

„Laß uns mit dem albernen Tanztee in Ruhe," meinte Gabriele ein wenig ärgerlich. „Hast ja damals selbst das Blau-Blümelein ins Leben gerufen."

„Du liebe Zeit, wie war man damals albern!"

„Ach, wie wunderschön war es damals," sagte Helene, „wie gern denkt man an diese sorglose Zeit zurück. Es ist nur schade, daß man als Backfisch diese Zeitepoche gar nicht so zu würdigen versteht."

„Sei nicht traurig," tröstete Bärbel, die voller Mitleid nach der Hand der jungen Frau faßte, „es gibt schlimme und gute Jahre. Und auch für dich kommt es gewiß noch einmal besser."

„Nein, Bärbel," erwiderte Helene leise, „die Ärzte machen mir keine Hoffnung. Das zweite Kind kam tot zur Welt. – Nun habe ich nur das eine, das eigentlich auch nur ein halber Mensch ist."

„Und bei deinem Manne ist auch keine Hoffnung auf Besserung?"

„Vom Rollstuhle aus leitet er die Geschäfte. Er hat Hunderte von Leuten, die genau wissen, was sie zu tun haben; er hat den Namen, er hat das Geld, er ist der in der Welt bekannte Großindustrielle und doch so bettelarm."

Es gab noch einen Kampf, wer mit Hella Brodowin fahren sollte. Gabriele erklärte sich schließlich bereit, neben ihr Platz zu nehmen, Bärbel und Helene stiegen dazu. Unterwegs gab es zwischen Gabriele und der Schauspielerin heftige Differenzen.

„Wir lassen uns von dir den schönen Nachmittag nicht verderben, Hella! Wenn dir unsere Gesellschaft nicht paßt, so setzen wir dich am Café Nord ab."

Ein Wort gab das andere, mit einem Jubel wurde der Entschluß Hellas begrüßt, an diesem Nachmittage nicht länger teilzunehmen, da sie sich in diesem Kreise unmöglich wohlfühlen könne.

Ohne sie begab man sich nach der kleinen Konditorei. Obwohl zehn Jahre verflossen waren, seit man sich hier zusammengefunden hatte, waren wenig Veränderungen vorgenommen worden. Lachend erkannten die Eintretenden die Bilder an den Wänden wieder, und aufs neue stiegen die Erinnerungen an die goldene Backfischzeit machtvoll in allen auf.

Bärbel, Gabriele und Valeska gedachten unermüdlich der vielen Jugendstreiche, während Edith und Helene sich ziemlich schweigsam verhielten. Trotzdem huschte ein Lächeln über das Gesicht der reichen, unglücklichen Frau, als Bärbel, lachenden Übermut in der Stimme, den einstigen Lehrer, Herrn Dr. Rollmops, kopierte. Immer wieder tönte es hin und her:

„Wißt ihr noch?"

Auch die anderen Schulkameradinnen wurden erwähnt. Man bedauerte, daß man sie aus den Augen verloren hatte.

„Unsere lustige Marion ist gestorben," sagte Gabriele, „das habe ich erfahren, und Ilse ist ins Ausland gegangen. Mehr weiß ich auch nicht."

„Was mag aus unseren Kavalieren geworden sein, aus dem Dichter, der stets seine Verse von Heine, Halm und Schiller abschrieb?"

„Habt ihr eigentlich eure Schwärmerei, den Schauspieler Armin Rabes öfter gesehen? Er ist bald von Dresden fortgegangen, lange in Wien gewesen und jetzt in Berlin tätig."

„Ach, Gabriele," sagte Bärbel mit einem tiefen Seufzer, „obwohl uns der Armin Rabes damals schwer enttäuschte, hat er doch noch lange in meinem Herzen gesessen."

„Er war vor einem Jahr bei einer Gesellschaft unser Gast," sagte Helene. „Er gastierte gerade in Düsseldorf, wir luden ihn ein."

„Erzähle von ihm!" rief Bärbel gespannt. „Ist er noch immer so entzückend wie damals?"

„Bärbel, Bärbel," drohte Gabriele, „ich sage es deinem Manne!"

„Wir wollen uns nun nicht wieder aus den Augen verlieren, wenigstens wir fünf wollen treu zusammenhalten und uns regelmäßig Briefe schicken. – Meint ihr nicht auch?"

„Hätte ich gewußt, daß du noch immer für Armin Rabes schwärmst, liebe Bärbel, hätte ich ihn um ein Bild gebeten," sagte Helene, „ich fürchte aber, er würde dir heute nicht mehr so gefallen. Er ist recht stark geworden, auch hat er nicht mehr das schöne, klingende Organ von einst. Sonst lebt er ganz glücklich, er erzählte mir, sein größtes Vergnügen sei, in der Sofaecke zu sitzen, in einen warmen Schlafrock gehüllt und seine vier Rangen auf sich herumreiten zu lassen."

„Der Armin, – derselbe Armin Rabes, – der Künstler?"

„Freilich!"

„Am Ende trägt er dann auch gestickte Morgenschuhe!" Bärbel schaute die Erzählerin entsetzt an.

„Das weiß ich nun leider nicht. Aber er raucht gern eine lange Pfeife, und sein Lieblingsgericht ist Eisbein mit Sauerkohl."

„Das ist mir unverständlich! Wie kann ein Künstler Eisbein essen und einen Schlafrock tragen. Armin, Armin, wie hast du dich gewandelt!"

„Er ist doch auch ein Mensch, ein guter Familienvater, dessen Beruf es ist, auf der Bühne, im Rampenlicht zu stehen und dem Publikum etwas vorzugaukeln."

„Daß er aber im Schlafrock in der Sofaecke sitzt und vier Kinder schaukelt, nein, liebe Helene, das hätte ich niemals von Armin Rabes erwartet."

„Soll er vielleicht im Carlos-Kostüm in der Wohnung umhergeistern?" lachte Gabriele. „Ich sage dir, Bärbel, – auch nur ein Mensch! Ich bin keine Idealistin mehr, ich habe schon manchen Schauspieler, den unsere heutigen jungen Mädel anschwärmen, in meinem Röntgenkasten gehabt. Da bin ich längst zu der Erkenntnis gekommen, daß der Künstler ohne all den bunten Plunder auch nur ein gewöhnlicher Mensch ist."

„Wie glücklich kannst du sein, Bärbel, daß du dir noch immer deine Ideale erhalten hast! Bei dir scheinen die zehn Jahre, die seit unserem Zusammensein vergangen sind, nicht viel zerstört zu haben. Wenn ich Edith gegen dich ansehe, die doch stets zu allen tollen Streichen bereit war, will man es kaum glauben, daß ihr beide einstmals ein Herz und eine Seele waret."

„Warum sollen denn unsere Jugendideale zerstört werden?"

„Das Leben sorgt schon dafür, Bärbel. Daß es bei dir nicht der Fall war, darüber kannst du nicht glücklich genug sein. Du scheinst die einzige von uns allen zu sein, die innerlich glücklich und zufrieden ist."

Ein träumerisches Leuchten trat in die Blauaugen Bärbels. „Ach ja, glücklich bin ich, – sogar sehr glücklich, ich möchte euch alle zu mir nehmen, damit ihr meinen Harald und meine beiden Jungens sehen könnt. Oft genug sage ich mir, ich verdiene das alles nicht. Ach, ich bin ja ein so dummes und unerfahrenes Ding. Aber mein Harald tröstet mich immer wieder, und wenn jemals ein Mann sein Weib vor allem Unbill und allen schlimmen Seiten des Lebens bewahrte, so ist er es. – Ach, kommt doch alle zu mir, ihr werdet wirklich froh sein, denn – bei uns wohnt das Glück."

„Möge es dir allezeit erhalten bleiben, liebes Bärbel," sagte Helene. „Ich bin sehr mißtrauisch geworden. Als ich mich damals verheiratete, erregte es geradezu Aufsehen. Und wenn meine Eltern auch in ganz guten Verhältnissen lebten, hätte niemand daran gedacht, daß sich mir einer der reichsten Männer Deutschlands in Liebe zuneigen würde. Das Glück war sehr kurz, mit seiner Krankheit ist wohl auch seine Liebe gestorben."

„Ja, Bärbel, du hast in den Glückstopf gegriffen," begann Valeska. „Auch ich war glücklich, als ich mich verheiratete, und noch glücklicher, als ich mein erstes Mädelchen bekam. Es war zwar immer ein wenig knapp bei uns, aber lachend haben wir alles eingeteilt, und es hat gereicht. Dann wurde mein Mann stellungslos, da haben wir die bittere Not kennengelernt. Ich denke noch mit Schrecken daran zurück, wie kein Brot im Hause war. Aber nun habe ich eine gute Stelle, heute verdiene ich so viel, daß ich uns ernähren kann und wenigstens die ärgste Not gebannt ist."

„Was bist du für eine tapfere Frau, Valeska; aber ich denke, dieses Zusammensein soll auch für dich etwas Gutes bringen. Mein Mann hat in achtzehn deutschen Städten Niederlassungen. Ich werde mit ihm sprechen. Veranlasse deinen Gatten, daß er uns seine Zeugnisse zuschickt, ich werde dann persönlich seine Fürsprecherin sein, und ich denke, daß dann auch für euch bald bessere Zeiten kommen werden."

„Ach, Helene," rief Valeska stürmisch, „wenn du ihm eine Stelle verschaffen könntest! Er leidet darunter, daß er brotlos ist. Aber es ist auch ein wenig Egoismus dabei. Ich bin ja gern in meiner Stellung, aber noch viel viel lieber würde ich daheim bei meinen Kindern sein. Wie glücklich wäre ich, wenn ich wieder die Rolle der Hausfrau und Mutter übernehmen könnte."

„Ich verspreche es dir, Valeska, und hoffe, daß wir deinem Gatten sehr bald einen geeigneten Posten zuweisen können."

„Kannst du uns nicht auch helfen?" warf Edith verstimmt dazwischen.

„Ich bin heute seit langer Zeit wieder ein wenig froher," sagte Helene, „und das verdanke ich euch. Die Jugenderinnerungen sind doch zu schön. Darum möchte ich mich euch gegenüber ein wenig dankbar zeigen. Du, liebe Edith, fragst mich eben, ob ich dir nicht auch helfen kann. Wenn du einen Wunsch hast, den ich dir erfüllen könnte, sprich ihn ohne Scheu aus. Ich bin heute viel froher als sonst, – also, heraus damit! Wen darf ich erfreuen?"

„Wenn mein Mann eine Stellung bekommt, liebe Helene, hast du uns für alle Zeiten sehr glücklich gemacht, mehr wünsche ich mir nicht."

„Und ich fühle mich wohl in meinem Beruf," sagte Gabriele, „aber wenn ich meinen nächsten Urlaub erhalte, komme ich einmal an den Rhein. Darf ich dann bei dir wohnen?"

„Bist herzlich eingeladen, Gabriele. Alles, was ich dir an Schönheiten der Gegend zeigen kann, will ich dir zeigen. Wir haben eine Jacht, mehrere Autos, du kannst auch in Wiesbaden in unserer Villa eine Zeitlang wohnen oder im Schlosse zu Düsseldorf, – also, ich verlasse mich fest darauf: im Sommer bist du mein lieber Gast. – Nun, Edith, jetzt bist du an der Reihe. Auch du sollst dein Herz ausschütten."

„Ich hätte tausend Wünsche und weiß doch nicht, was ich zuerst wünschen soll. Ich fühle mich unbefriedigt im Leben, Helene. Mein Mann steckt den ganzen Tag über im Geschäft, des Abends ist er müde, hat keine Freude am Ausgehen, und ich bin furchtbar lebenshungrig!"

„Bälle und Gesellschaften befriedigen auf die Dauer auch nicht, Edith."

„Ich wäre sehr glücklich darüber, aber natürlich, das kostet viel Geld, in plundrigen Kleidern mag man nicht hingehen, ich müßte Schmuck haben, – ach, ich finde, das Leben ist nicht wert, gelebt zu werden. Es ist ja gar zu eintönig und zu sehr grauer Alltag."

„Willst du vielleicht auch für eine Zeit mein Gast sein? Ich bin gezwungen, Geselligkeiten aller Art mitzumachen. Auch dich lade ich herzlich zu mir ein, Edith, und für Kleider soll gesorgt werden. Du sollst gewiß nicht zurückstehen."

Die Augen Ediths leuchteten auf. „Ist das dein Ernst, Helene?"

„Gewiß –"

„Oh, dann rede ich noch heute mit meinem Manne. Er hat sicherlich nichts dagegen, wenn ich für vier Wochen verreise. Bald beginnt die Wintersaison, – darf ich dann kommen?"

Helene reichte ihr die ringgeschmückte Hand über den Tisch.

„Also abgemacht, Edith, nur mußt du dich rechtzeitig anmelden. – Und nun zu unserem lieben Bärbel. Hast du dir inzwischen auch einen Wunsch ausgedacht?"

„Ja," erwiderte Bärbel energisch, „ich hätte auch einen Wunsch, aber ich weiß nicht, ob er dir recht sein wird."

„Wenn ich ihn dir erfüllen kann, mein kleines, liebes Bärbel, ist mir alles recht."

„Wann fährst du wieder nach Düsseldorf zurück?"

„Das weiß ich noch nicht, vielleicht morgen, aber vielleicht bleibe ich noch einige Tage länger, um mir hier etwas anzusehen. Es kommt auf den Spielplan an."

„Na, dann klappt es ja. Weißt du, Helene, du hast vorhin gesagt, wir hätten dich etwas froher gemacht. Dein Gesicht ist auch jetzt nicht mehr so ernst wie anfangs. Wir haben zwar kein Schloß draußen in Heidenau, aber eine niedliche Villa mit einem hübschen Fremdenzimmer. Bleibe für einige Tage bei uns! Wir haben uns ja noch so furchtbar viel zu erzählen, und wenn du meine beiden Jungen siehst, meinen Harald kennenlernst, wirst du noch viel froher werden."

Beinahe heftig ergriff Helene die Hand der einstigen Schulkameradin.

„Für eine Stunde will ich zu dir kommen, liebes, liebes Bärbel," sagte sie mit mühsam beherrschter Stimme, „aber nicht für länger."

„Nicht für länger, Helene?"

„Nein. Bärbel, – es wäre zu schwer für mich. Ich neide dir dein Glück gewiß nicht, aber wenn ich deine beiden gesunden Jungen sehen würde, – nein, nein, liebes Bärbel, – ich kann es nicht."

„Liebe, liebe Helene!"

„Wünsche dir irgendetwas anderes, kleines Bärbel, irgendetwas! Dir möchte ich ganz besonders gern etwas schenken."

Sie überlegte eine ganze Weile, dann sagte sie: „So schenke mir dein Bild, Helene, und zwar ein Bild, das dich in ganz großer Toilette zeigt, mit viel Schmuck, mit kostbaren Pelzen. Das möchte ich von dir haben."

„Und warum gerade solch ein Bild?"

„Es ist gut für mich, ich bin ja immer zufrieden, Helene, aber es könnte auch in meinem Leben einmal eine Stunde kommen, in der ich oder meine Kinder neidvoll auf jene blicken, die in Reichtum und Pracht einhergehen. Dann will ich die Augen zu diesem Bild erheben und werde still und bescheiden sein."

„Ja, Bärbel, du hast recht, und auf die Rückseite dieses Bildes will ich dir einige Zeilen, eines deiner Lieblingslieder schreiben. Wenigstens hast du es als Backfisch so oft gesungen."

„Was war das für ein Lied, Helene, ich habe eigentlich immer nur für sentimentale Lieder geschwärmt."

„Ich weiß es, Bärbelchen, darum paßt auch dieses in dein Repertoire. – Wie du auch strahlst in Diamantenpracht, es fällt kein Strahl in deines Herzens Nacht. Das weiß ich längst, ich sah dich ja im Traume, ich sah die Nacht in deines Herzens Raume."

Bärbel senkte den Blondkopf, und auch Edith schlug plötzlich die Augen nieder. Beide sahen im Geiste eine schöne Frau im Golde wühlen, aber neben ihr im Rollstuhl saß ein gelähmter Mann, und im Nebenzimmer lallte ein Kind unverständliche Worte. –

Es war gegen neun Uhr abends, als sich die Freundinnen endlich trennten. Mit festem Druck lagen die Hände ineinander.

„Nicht wahr, wir halten von nun an zusammen?“

Als Bärbel im Auto Helenes nach Heidenau hinausgefahren wurde, als beide Freundinnen nebeneinander saßen, griff Helene nach Bärbels Händen.

„Verlasse mich in Zukunft nicht, geliebtes Bärbel, du bist wie das Licht, und ich brauche Licht, das meinen dunklen Weg erhellt.“

„Kommst du jetzt mit zu uns?“

„Nein, Bärbel, ich komme morgen.“

7. Vom Freudenspenden

„Ihr Kinderlein, kommet, o kommet doch all –“

Mit lauter Stimme sang der kleine Hermann Wendelin das Weihnachtslied und schlug dazu die neue Trommel.

„Sei still, Helga will singen!“ tönte es aus der Ecke des Zimmers herüber, und gleich darauf setzte ein feines Kinderstimmchen ein:

„O Tannebaum, o Tannebaum, wie grün sind deine Blätter!“

Aber Hermann ließ sich nicht stören. Nur noch lauter begann er zu singen. „Ihr Kinderlein, kommet, o kommet doch all!“

„Wie grü – ü – ün sind deine Blätter!“

„Stille bist du, kleines Mädchen!“

„Oller dummer Junge. O Tannebaum – o Tannebaum–“

Bums! – Der Trommelstock wurde nach der Ecke geschleudert, in der die kleine Helga Wagner saß. Sie weilte mit den Eltern zum ersten Male im Hause des Großvaters, in der Apotheke zu Dillstadt. Der

Apothekenbesitzer und seine Gattin hatten schon lange Vorbereitungen getroffen, einmal alle Kinder und Enkelkinder zusammen zu vereinen, und so hatte man beschlossen, dieses Weihnachtsfest gemeinsam zu feiern. Sogar Großmama Lindberg fehlte nicht. Frau Wagner hatte die Mutter mehrfach gewarnt, zu kommen, doch die gute alte Dame behauptete, sie sei Kindertrubel gewöhnt, in Heidenau ginge es immer recht lebhaft zu.

Harald Wendelin, der ebenfalls mit Frau und seinen beiden Jungen nach Dillstadt gekommen war, hatte die Reise im Auto zurückgelegt, um der Großmama alle Bequemlichkeiten zu schaffen. Seine Firma stellte ihm bereitwilligst den Wagen für diese Reise zur Verfügung, den Harald selbst gesteuert hatte.

So war diese Reise für die Kinder ein doppeltes Vergnügen, für Frau Lindberg allerdings etwas anstrengend, weil die beiden Knaben trotz aller Ermahnungen keine Ruhe hielten. Unterwegs hatte Harald angehalten und sich zuerst Hermann nach vorn geholt, eine halbe Stunde später folgte Jürgen, und nun hatte der arme Vater seine liebe Not mit den Jungen, die durchaus den „Karren" allein steuern wollten.

Joachim Wagner, der seit sechs Jahren mit einer tüchtigen Frau verheiratet war und in Süddeutschland eine gutbezahlte Stelle als Ingenieur bekleidete, hatte sich auch für die Weihnachtstage bei den Eltern in Dillstadt angesagt und seine vierjährige Tochter Helga mitgebracht.

Außer diesen Gästen waren auch noch Martin und Kuno gekommen, die beiden Studenten, von denen Martin das dritte Semester Medizin studierte; Kuno hingegen hatte sich entschlossen, Apotheker zu werden, um später einmal die Apotheke des Vaters zu übernehmen. Sein Plan, das praktische Jahr beim Vater durchzumachen, fiel ins Wasser. Herr Wagner meinte, daß es seinem Sohne viel nützlicher sei, unter einem fremden Chef zu arbeiten, und Kuno hatte sich fügen müssen.

So war die Apotheke in Dillstadt bis unter das Dach mit Gästen besetzt. Gleich am ersten Tage hatte es einen mächtigen Streit gegeben, denn

Hermann wollte durchaus in dem Zimmer schlafen, in dem Helga mit den Eltern schlief. Jenes Zimmer hatte ein dreiteiliges Fenster, während Hermanns Quartier zwei „ganz olle gewöhnliche Fenster" aufzuweisen hatte. Das behagte ihm ganz und gar nicht.

„Kleines Mädchen, ich komme nachts als schwarzer Teufel zu dir und schmeiße dich aus dem Bett!"

„Dann nehme ich Vaters Stiefel und schmeiße nach dir!"

„Hach, dein Vater hat ja die Stiefel an!"

„Wenn er sie ausgezieht hat."

So ging die Häkelei den ganzen Tag fort. Großpapa Wagner mußte oft energisch eingreifen, um die Störenfriede zur Ruhe zu bringen.

Selbstverständlich war es für die Kinder ein großes Vergnügen, zwischen den vielen Erwachsenen umherzulaufen und jeden mit Fragen zu bestürmen. Jürgen, der zweijährige Blondkopf, lief von einem zum anderen und fragte neugierig:

„Bist du auch ein Papa von mir oder eine Mutti?"

Es wollte dem Kleinen durchaus nicht in den Kopf, daß der Opa ein Vater, ein Vati und ein Opa war, und daß alle die vielen Frauen lauter Muttis waren. Das begriff er noch nicht. Aber hier in der Apotheke gab es so viel zu sehen, denn alles war dem kleinen Kerl neu.

Herr Wagner und sein Provisor behaupteten, sie brauchten jeder zwanzig Augen, denn unnütze Kinderhände wollten immer wieder nach den Büchsen und Flaschen greifen, die in der Apotheke umherstanden.

„Nichts anfassen!" drohte der Provisor, „jede Büchse beißt. Sie sind aus glühendem Eisen."

„Hahaha," lachte Hermann, „Eisen beißt doch nicht!"

„In jeder Büchse sitzt ein Tier mit Hörnern, und wenn man die Büchse anfaßt, springt es heraus und stößt nach euch."

Da kauerte Hermann eine halbe Stunde lang in der Ecke und wartete darauf, daß der Provisor eine Büchse anfassen mußte. Und als das geschah und sich kein Tier zeigte, fing er so laut an zu schreien, daß dem Provisor das Glas beinahe aus der Hand gefallen wäre.

„Oller Schwindler!"

Es war ein Glück, daß das Weihnachtsfest mit seinen letzten Vorbereitungen die Gedanken der Kinder in andere Bahnen lenkte. Da saßen sie zusammen und berieten, was ihnen wohl der Weihnachtsmann bringen werde.–

Obwohl Apotheker Wagner und seine Frau übermäßig zu tun hatten, denn ein jeder sollte bedacht werden, freuten sie sich selbst auf die Festtage, in denen sie sich ganz ihren Kindern und Kindeskindern widmen konnten. Wohl wischte sich Wagner manchmal verstohlen dicke Schweißtropfen von der Stirn, wohl durchlebte er viele unruhige Minuten, wenn er irgendwo Poltern und Klirren hörte; aber es war trotzdem herrlich, einmal alle Kinder wieder um sich zu haben und sich an Joachims und Bärbels Glück zu erfreuen.

Das Fest hatte seinen Einzug gehalten, Kinderjubel, wie er selten gehört wurde, durchhallte das große Haus. Aber nicht nur die Kleinen gaben ihrer Freude lebhaften Ausdruck, auch Bärbel und Hanna konnten sich laut und herzlich über die Geschenke freuen, lachten und lärmten mit den Kindern, und Großmama Lindberg zog sich deshalb mit Frau Wagner schnellstens aus dem Bescherungszimmer zurück, weil sie fürchteten, der Kopf springe ihnen auseinander. Aber man fand in der ganzen Apotheke keinen Raum, in den der Jubel nicht hineinschallte. Die Vorübergehenden auf der Straße schauten lachenden Blickes hinauf zu den hellerleuchteten Fenstern und meinten:

„Nun ja, in der Apotheke hat schon immer reges Leben geherrscht."

Alles wurde bestaunt, unzählige Fragen an Bärbel und Hanna gerichtet, immer wieder mußte man den Kindern vom Weihnachtsmann erzählen, der mit so reichen Geschenken eingekehrt war.

„Ist morgen noch 'mal Weihnachten?“ fragte Hermann.

„Jetzt kommen die Weihnachtsfeiertage, an denen die Menschen nicht arbeiten, sondern sich an dem Fest freuen.“

„Ich weiß,“ meinte die kleine Helga altklug, „heute ist der Weihnachtsmann gekommen, und morgen schickt er seine Frau. Dann geht das Schenken von neuem los.“

„Oh, – dann wünsche ich mir,“ rief Hermann stürmisch, „wünsche –“

„Hast du noch nicht genug, Hermann? Soll der Weihnachtsmann vielleicht alles wieder fortholen? Müssen Kinder nicht bescheiden sein?“

„Mutti? – Dürfen wir jetzt wieder unartig sein? Wir waren doch immer nur so brav, daß der Weihnachtsmann kommen sollte. Nun haben wir uns so gemüht, nun können wir doch wieder so ein ganz klein bißchen unartig sein.“

„Nein, mein Junge, das dürft ihr nicht, im Gegenteil, ihr seid alle sehr reich beschenkt worden, dafür müßt ihr dankbar sein. Alle haben euch so viel Freuden bereitet, nun liegt es an euch, auch den Erwachsenen Freude zu machen.“

„Der Jürgen will Freude machen,“ krähte der Zweijährige.

„So ist es recht,“ lobte Goldköpfchen. „Ihr müßt euch bemühen, recht lieb und brav zu sein, die Großeltern haben so viel Mühe auf sich genommen, die müßt ihr ihnen ein wenig vergelten. Seid also recht brave und folgsame Kinder und seht zu, daß ihr uns alle in der nächsten Zeit erfreut.“

Diese Worte Bärbels waren auf die drei Kinder nicht ohne Eindruck geblieben. Flüsternd saßen sie in der Ecke des Zimmers hinter dem Weihnachtsbaume und unterhielten sich, wie sie wohl allen eine Freude machen könnten. Doch sie fanden nicht das Rechte. Wohl erklärte sich Hermann bereit, der Urgroßmama die Haselnüsse zu schenken, die er nicht gerade gern aß, aber Frau Lindberg äußerte über dieses Geschenk recht wenig Freude und meinte, daß sie Nüsse nicht mehr beißen könne.

Da kam gegen Mittag Hermann strahlend zu seinen Eltern gelaufen und sagte mit leuchtenden Augen:

„Mutti, – ist es lieb vom Hermann, wenn er auch einem anderen Manne eine Freude macht?"

„Freilich, mein Kleiner."

„Der Hermann hat einem Manne, der wie ein Schornsteinfeger aussah, aber nicht so schwarz war wie ein Schornsteinfeger, sein Taschentuch geschenkt."

„Was hast du gemacht?"

„Ist der Mann mit so einem hohen Hut am Garten vorbeigegangen und hat den Hermann gefragt, ob er nicht ein Taschentuch hätte. Und weil du uns gesagt hast, daß Schenken sehr was Schönes ist, habe ich ihm mein Taschentuch in die Hand gedrückt und bin davongelaufen."

„Ganz klar ist mir die Sache nicht," meinte der Vater. „Was war denn das für ein Mann?"

„Weiß nicht, Vati."

„Und dann verschenkst du dein Taschentuch?"

„Na, laß 'mal, Mutti, es war nicht schade drum, es war schon schrecklich schmutzig, und dann hat der Jürgen mit einem Nagel viele Augen hineingebohrt."

„Und dieser Mann wollte dein Taschentuch haben?"

„Freilich, Mutti, – er hat doch gesagt, daß er kein Taschentuch hätte. Da habe ich ihm meines gegeben."

Schon eine Stunde später klärte sich das Mißverständnis auf. Professor Heimers hatte im Nebenhause einen Besuch gemacht. Als er an der Apotheke vorüberging, war gerade von ihm beobachtet worden, wie sich Hermann mit dem Ärmel seines guten blauen Anzuges die kleine Nase abwischte. Er hatte darauf an den Knaben die Frage gerichtet, ob er denn kein Taschentuch habe, worauf ihm der freundliche Knabe einen zerrissenen, unsauberen Lappen in die Hand drückte, mit dem Bemerken:

„Da hast du, ich schenke es dir!" Ehe der Professor noch recht zur Besinnung gekommen war, war der Knabe wieder davongelaufen. Nun wurde dieses Taschentuch in der Apotheke mit einem Gruß des Professors abgegeben. Harald Wendelin brach in herzliches Lachen aus, als er das Eigentum seines Sohnes wieder in Händen hielt.

Aber eine noch viel schlimmere Überraschung stand Frau Wagner bevor. Unnütze Kinderhände waren wieder einmal am Werke, um Schaden anzurichten. Der große Tisch im Eßzimmer stand gedeckt, die hungrigen Kleinen waren hineingelaufen und warteten, ob es nicht bald etwas zu essen gäbe.

Die Mutti wurde darum befragt.

„Ihr müßt noch etwas warten," sagte Bärbel, „der Tisch muß erst noch ein wenig geschmückt werden."

Begehrlich schauten die drei Kinder auf die Schüsseln mit dem Kompott. Da standen eingelegte Kirschen, Birnen und Kürbis. Die Augen des kleinen Jürgen wurden groß und immer größer. Besonders die roten, leuchtenden Kirschen hatten es ihm angetan. Gestern erst hatte er gesehen, wie die Großmama solche rote Kirschen auf einen Kuchen legte. Es war ein schöner Kranz geworden, und die vielen roten Punkte hatten dem Kinde sehr gefallen. Wenn er nur seiner Mutti eine Freude machte und ihr um den Teller auch solch einen Kranz von den roten Kirschen legte? Oh, wie würde das prächtig aussehen!

Er teilte seinen Plan dem größeren Bruder mit, doch der meinte bedenklich: „Ich glaube, das gibt Flecke, – aber schön wäre es schon. – Du mußt es eben allein machen."

„Oh, Jürgen will es machen!"

Man half ihm, auf den Stuhl zu steigen, Hermann und Helga rückten ihm sogar die Schüssel mit den Kirschen ganz in die Nähe, und dann schauten beide mit pfiffigen Gesichtern zu, wie die kleinen ungeschickten Kinderhändchen bald hier, bald dort eine eingelegte Kirsche auf das weiße Tischtuch fallen ließen.

„Oh," sagte der kleine Jürgen erfreut, „ist das schön!"

Hermann schwieg dazu. Wohl freute er sich über das spaßige Werk des Bruders, doch war ihm nicht ganz wohl dabei. Die Mutti hatte es nicht gern, wenn er auf das Tischtuch Flecke machte.

Jürgen ließ sich in seiner Arbeit nicht stören. Er fand es sehr schön, daß so viele Kirschen auf das weiße Tischtuch verteilt wurden. Helga betrachtete prüfend das Werk, drohte Jürgen schließlich mit dem Finger und sagte:

„Ich glaube, nachher kriegst du deine Prügel."

„Na, laß nur," meinte Hermann, „er hat noch lange nicht so viel bekommen wie ich, – es schadet ihm nichts!"

Schließlich half man dem Knirps wieder vom Stuhl herunter, und als jetzt im Nebenzimmer Stimmen laut wurden, verkrochen sich Hermann und Helga hinter den Fenstervorhang, während der kleine Jürgen mitten im Zimmer stehenblieb.

Frau Wagner mit Bärbel betraten das Zimmer.

„Mutti," krähte ihr Jürgen vergnügt entgegen, „sieh 'mal, so schön!" Dabei wies das kleine Händchen zur Tafel.

Aus Bärbels Munde kam ein Ausruf des Schreckens. Hermann und Helga drückten sich vor Freude fest aneinander, sie fühlten sich heute völlig unschuldig.

„Wer hat denn das gemacht?"

„Der gute, kleine Jürgen!"

„Was fällt dir denn ein?"

„Aber, Jürgen," tadelte Frau Wagner, „hast du die Schüsseln anzufassen? – Darf das ein artiges Kind tun?"

„Jürgen machte seiner Mutti eine Freude!"

Bärbel wollte erregt auffahren, da legte die Mutter beschwichtigend die Hand auf den Arm der Tochter.

„Wir hätten den Jungen nicht allein lassen sollen, Bärbel. – Wo mögen wohl die beiden anderen sein?“

Hinter dem Vorhang rührte sich nichts.

„Hermann und Helga hätten doch auf Jürgen ein wenig achthaben können. – Wo steckt nur das kleine Volk? – Ich will rasch abräumen, Mutti.“

„Wir haben doch nichts gemacht,“ flüsterte Hermann seiner Base zu.

Der Tisch wurde neu gedeckt. Als Bärbel gerade einige Schüsseln neu aufstellte, fiel ihr Blick auf den Fenstervorhang, den eine Kinderhand zur Seite schob.

„Hermann – Helga!“

Sehr langsam erschienen die beiden.

„Was macht ihr denn dort?“

Nun ging es ans Verhör. Obwohl Hermann erklärte, daß der Jürgen ganz allein die Dekoration geliefert habe, bekam er doch ein paar tüchtige Schläge auf die Hände, so daß er in lautes Schreien ausbrach.

„Da hat er nun gar nichts gemacht, und er kriegt die Haue, und der andere kriegt nichts! – Die Helga hat auch zugesehen.“

„Du schweigst! – Du bist bereits ein großer Junge, du hättest wissen müssen, daß man das saubere Tischtuch nicht beschmutzen darf. Nun denke einmal über deine Unart nach, Hermann.“

Eine ganze Weile war es still, dann kam es murmelnd aus der Ecke: „Er denkt immerzu nach, – aber der Jürgen muß die Prügel kriegen.“

Der Schaden war wieder behoben; die Kinder waren heute während des Essens recht schweigsam, was natürlich dem Apothekenbesitzer nicht entging. Teilnahmsvoll erkundigte er sich beim kleinen Hermann, aus welchem Grunde seine Unterlippe heute so tief herabhinge. Aber Hermann warf nur einen scheuen Blick auf seine Mutti und flüsterte:

„Opa, – das erzähle ich dir später.“

Für den Knaben gab es während des heutigen Mittagessens noch eine unangenehme Überraschung. Als Gemüse reichte man Grünkohl herum. Grünkohl aber war für den kleinen Hermann ein entsetzliches Essen, und auch heute versuchte er, möglichst viel davon seiner Base Helga auf den Teller zu schieben. Aber Bärbel hatte ein wachsames Auge auf ihren Ältesten und gebot kurz und bündig, er solle seine Portion allein aufessen.

„Du hast heute alle Ursache, Hermann, brav und folgsam zu sein. Ärgere die Mutti nicht schon wieder. Grünkohl ist dir gesund."

„So ein Deiwelszeug!"

Es half nichts, der kleine Mann mußte, wenn auch widerstrebend, den Teller leer essen und wurde erst durch die Nachspeise wieder versöhnt, denn der Großpapa schob ihm auch noch seinen Teller zu.

„Deine Mutti sagt nicht: „Du mußt essen," – ach, große Leute haben es doch zu gut!"

Am Nachmittag wurden die Kinder wieder in das Bescherungszimmer geschickt. Dort wußte man sie am besten aufgehoben. Hin und wieder fand sich einer der Erwachsenen ein, der zeitweise mit ihnen spielte, sogar die beiden Studenten, Kuno und Martin, ließen sich herab, den Kleinen allerlei Späße vorzumachen und sie zu unterhalten. Als sich aber im Laufe des Nachmittags Gäste einfanden, ermahnten die Eltern ihre Kinder nochmals dringend, jetzt recht artig zusammen zu spielen.

„Die Eltern haben heute gute Freunde bei sich, nun zeigt einmal, daß ihr artige Kinder seid, die sich auch einmal allein beschäftigen können. Ihr habt so viele schöne Spielsachen bekommen, daß ihr damit spielen könnt. Von Zeit zu Zeit wird der Vati oder die Mutti nach euch sehen, und wer dann am bravsten gewesen ist, dem machen wir eine besondere Freude."

„Der Hermann möchte schon sehr artig sein," sagte der Älteste, dem noch immer das heutige Erlebnis im Kopfe umherging, „aber es geht nicht so, wie er möchte"

„Warum geht es denn nicht, mein Junge?"

„Weil eben immer einer da ist, der anders möchte als der Hermann."

„Wer soll denn da sein, Hermann? Das ist ja Unsinn, was du sagst. Wenn du nur wirklich willst, dann geht es schon."

„Nein, Vati, – wenn der Hermann heute mittag nicht den ollen Grünkohl hätte aufessen müssen, wäre es schon gegangen. Aber in dem Grünkohl sitzt der Teufel, und den hat der Hermann nun mit verschluckt. Und wenn der Hermann sehr artig sein will, kommt der kleine Teufel und sagt: „Ich will nicht!" Dann geht es nicht. Die Großmama hat gesagt, der Teufel ist ein starker Mann, und der Hermann ist doch nur ein kleiner Junge, der nichts dagegen machen kann, wenn der Teufel eben anders will."

„In dem Grünkohl sitzt kein Teufel, merke dir das, mein Junge. Du hast dir da etwas ausgedacht, das nenne ich eine dumme Ausrede."

„Du hast ihn nur nicht gesehen, aber der Hermann hat den kleinen Teufel heute mittag auf dem Teller 'rumhüpfen sehen. Er hat ihn mit aufessen müssen."

„Dann spucke ihn nur wieder aus, den kleinen Teufel, oder mache den Mund fest zu, wenn der kleine Teufel etwas sagen will. Das ist noch viel besser, Hermann. – Wenn der Teufel etwas anderes will als du, so machst du eben den Mund fest zu."

„Dann kommt er eben zu die Nasenlöcher 'raus!"

„Ei was, – du bist doch schon ein großer Junge, jetzt zeige mir 'mal, daß du den bösen Teufel in dir klein kriegst. So, und jetzt spielt ihr recht schön zusammen. Mutti kommt nachher herüber, um nach euch zu sehen."

Es ging zunächst alles überraschend gut. Um fünf Uhr zeigte sich Frau Wagner und fand die Kinder in einträchtigem Spiel beisammen. Eine halbe Stunde später schlich Frau Lindberg davon, auch sie konnte bei ihrer Rückkehr zu den Gästen melden, daß oben alles in Ordnung sei. Wieder eine halbe Stunde später eilte Bärbel die Treppe empor und fand die drei Kinder zusammengekauert an der Tür sitzend.

„Nanu, warum seid ihr denn hier im Flur?"

„Geh nicht hinein,“ sagte Hermann, „drin ist der Weihnachtsmann.“

Im ersten Augenblick glaubte Bärbel, daß die Kleinen mit einem Spiel beschäftigt seien, aber als sie ihrem Ältesten noch einmal in die Augen schaute, sah sie darin zitternde Angst.

„Mutti wird 'mal nachsehen.“

„Nein, ach nein,“ rief Hermann flehend, „geh nicht hinein!“

Plötzlich hob Bärbel den Kopf. Was war denn das für ein eigentümlicher Geruch? Und schon schob sie die drei Kinder zur Seite, öffnete die Tür und – prallte zurück.

Auf der Erde lag der Weihnachtsbaum. Anscheinend waren von den Kleinen einige Lichter angezündet worden. Nun hatte die herunterhängende Decke des Tisches Feuer gefangen. Noch war die Flamme nicht groß, aber aus der Ecke des Zimmers kam dicker Qualm hervor.

Beim Öffnen der Tür entstand gelinder Zug, der das Schwelen zur hellen Flamme brachte. Bärbel sah, wie das Himmelbett, das Helga für ihre Puppe bekommen hatte, hell aufloderte. Die dünne Mullgardine war von der Flamme erfaßt worden.

Schuldbewußt kamen die Kinder hinter Bärbel hergelaufen.

„Mutti, wir haben nur schön gespielt, – da ist –“

„Tante Bärbel, – der Jürgen hat –“

Bärbel sah, daß die Kinder immer näher an das Feuer kamen. Wie leicht konnten auch sie von der Flamme ergriffen werden.

„Hinaus!“

Sie nahm die drei, schob sie zur Tür hinaus, schlug sie hinter ihnen zu, denn sie wußte, daß Zugluft in diesem Augenblick das Gefährlichste war. – Jetzt galt es, klaren Kopf zu behalten, um die Gefahr nicht noch zu vergrößern. Um Hilfe rufen? – Nein! – Inzwischen waren auch die Vorhänge von der Flamme erfaßt worden. Dort, die beiden Steppdecken, ein Geschenk des Apothekenbesitzers an seine Gattin. Bärbel besann sich nicht erst lange. Sie riß die beiden Decken von dem Gabentisch herunter und warf sie weit ausgebreitet über den Baum, über die schwelende Tischdecke und das Himmelbettchen. Dann warf sie sich selbst darüber, um das Feuer zu ersticken. Mit weit ausgebreiteten Armen drückte sie die Decken fest gegen den Fußboden. Währenddessen schaute sie spähend umher, ob nicht doch irgendwo ein Flämmchen zum Vorschein komme, das neue Gefahr brachte.

Den Kindern wurde angst. Besonders der kleine Jürgen war bei dem Hinauswerfen gestolpert. Er hatte sich heftig an die kleine Stupsnase geschlagen und schrie laut. Dieses Schreien wurde von einem der Mädchen gehört. Auch Ida verspürte den brenzligen Geruch; voll schlimmer Ahnungen eilte sie die Treppe empor, wurde aber aus den Zurufen der Kinder nicht klug. So öffnete sie besorgt die Tür. Da lag Bärbel auf den Decken. Ida glaubte nichts anderes, als daß die junge Frau vor Schreck ohnmächtig geworden sei, kopflos eilte sie wieder davon, hinein in das Wohnzimmer, in dem die Gäste saßen, und rief laut und verängstigt:

„Die junge gnädige Frau liegt oben wie tot, – der Baum ist umgefallen, – ich glaube, es brennt!"

Harald war der erste, der das große vierfenstrige Zimmer betrat. Er sah sein Bärbel am Boden liegen, merkte aber sofort, daß er hier keine Ohnmächtige vor sich hatte, sondern eine ruhige, besonnene Frau, die das Feuer bereits erstickt hatte.

Nachdem Harald festgestellt hatte, daß seine junge Frau außer dem ersten Schreck keinerlei Schaden genommen hatte, daß auch schlimme Verwüstungen nicht angerichtet waren, daß man außer der Tischdecke nur den Verlust des Puppenbettes zu beklagen hatte, holte er sich seine Kleinen herbei. Jetzt gab es ein strenges Verhör. Hermann hatte den Weihnachtsbaum begonnen zu entzünden, weil es doch gar so schön sei; dann hatten die drei gelacht und getollt, Jürgen hatte sich beim Umherlaufen an den Zweigen gehalten, der Baum war umgefallen; so war das Unglück geschehen.

Und während oben wieder einmal ein strenges Gericht gehalten wurde, lobte man unten Bärbels beherztes Eingreifen, ihre Umsicht und ihr entschlossenes Handeln.

„Bin doch recht stolz auf dich, mein Bärbel," sagte Apotheker Wagner zu seiner Tochter, „in der Not stehst du immer deinen Mann. Bist zwar sonst ein kleiner Hasenfuß; aber wenn es drauf und dran kommt, kann man dir getrost alles überlassen."

„Das weiß ich auch," stimmte ihm Frau Lindberg bei, „ich denke immer nur an die Examensnöte zurück. Anfangs hat unser Bärbel wie Espenlaub gezittert; als es dann aber so weit war, ist sie ruhig und beherzt gewesen. – Mache es immer so im Leben, mein Bärbel."

Die Angst, die die Kinder ausgestanden hatten, wirkte eine ganze Weile nach. Die Lust zu irgendwelchen Entdeckungen war ihnen vergangen, zumal auch der Vater ernste Worte mit ihnen gesprochen hatte. Nun saßen sie still zusammen und schauten von Zeit zu Zeit ängstlich auf die Erwachsenen. Sie merkten es dem Gesicht der Mutti an, daß jene recht ärgerlich war, und immer wieder erstand in ihnen der brennende Wunsch, die Zürnende zu versöhnen. Gar zu gern hätten sie der Mutti eine große, wirkliche Freude gemacht, aber Hermann hatte schon begriffen, daß die Freude, die sich ein Kinderherz ausdachte, bei den Erwachsenen nicht immer die gleichen Gefühle auslöste. Es war wohl richtig, wenn man sich beim Vati oder den Großeltern erkundigte, wie man sich bei der Mutti erneut in Gunst setzen könnte.

Auf eine schüchterne Anfrage bei dem Vater erklärte dieser, daß es allen Eltern immer am liebsten sei, wenn die Kinder recht brav wären.

„Aber wenn wir brav sind, ist es auch nicht recht," meinte Hermann. „Kleine Kinder sind ganz anders brav als große Leute."

„Meint ihr etwa, daß es artig ist, wenn ihr in Großmamas Wohnung ein Feuer entstehen laßt? Habt ihr auch gesehen, was ihr angerichtet habt? Nicht nur das gute Tischtuch ist verbrannt, auch die hübsche Filetdecke, die die Mutti von der Oma bekommen hat, ist mit angebrannt. Nun hat die Mutti keine schöne Decke mehr. Das war ihr ein gar liebes Weihnachtsgeschenk, das habt ihr nun ruiniert."

„Dann muß die Oma der Tante Bärbel eine neue Decke kaufen," meinte Hella.

„Die Oma hat jetzt kein Geld mehr dazu."

„Bringt denn der Weihnachtsmann für die großen Leute nicht auch die Geschenke? Der Weihnachtsmann hat doch viel Geld, er bekommt alles umsonst. Wenn er also ein guter Mann ist, wird er der Mutti gewiß eine neue Decke bringen."

„Das wird er nicht, mein Junge. Außerdem ist diese Decke ein Geschenk der Oma. Nun muß die Mutti eben auf eine Freude verzichten."

„Große Leute können sich doch alles besorgen, was ihnen Freude macht, Vati?"

„Da irrst du dich gewaltig, kleiner Hermann, deiner Mutti sind lange nicht alle Wünsche erfüllt worden. Als sie auch so klein war wie du, hat sie sich viele Jahre hindurch solch ein schönes Schaukelpferd gewünscht, wie du gestern eines bekommen hast. Jedes Weihnachten schrieb sie das Schaukelpferd auf den Wunschzettel, doch sie hat es nie bekommen."

„Oh, – warum hat sie es denn nicht bekommen?"

„Weil der Weihnachtsmann meinte, die Mutti brauche kein Schaukelpferd. – So, und nun geht ihr ganz artig zu Bett, überlegt euch nochmals, daß ihr heute recht unartig waret, und daß ihr nötig habt, morgen alles durch doppeltes Bravsein wieder gutzumachen."

Als Bärbel eine Viertelstunde später an die Betten der Kinder trat, um ihnen gute Nacht zu sagen, schlang Hermann seine Arme innig um den Hals der Mutter.

„Arme Mutti, nun hast du keine Decke und hast auch kein Schaukelpferd. Na, sei 'mal nicht traurig, morgen darfst du auch 'mal auf meinem Pferd reiten."

Auch Jürgen plapperte die Worte des Bruders nach und setzte hinzu: „Wenn der Jürgen ein Vati ist, schenkt er dir ein Schaukelpferd. Sollst auch ein Pferd haben, Mutti!“

Die Kinder waren allein. Aber heute schliefen sie nicht so schnell ein, denn es gab noch manches zu tuscheln.

„Ich möchte schon,“ sagte Hermann aufseufzend, „aber es tut mir so leid.“

„Was möchtest du denn?“ piepste Helga.

„Der Mutti mein Schaukelpferd schenken, mein schönes, neues Schaukelpferd. Wenn sie doch nie ein Schaukelpferd gekriegt hat. – Aber ich habe das Pferd doch so lieb.“

Er warf sich noch eine ganze Weile in seinem Bettchen hin und her. Bei dem Gedanken, daß er der Mutti schließlich doch das schöne Pferd schenken könne, wurde das kleine Kinderherz recht schwer. Aber wenn sich doch die Mutti das Schaukelpferd immer wieder wünschte, machte er ihr sicherlich eine große Freude damit.

„Du schönes, schönes Pferd,“ murmelte er, „ich hab' dich doch so gern. Bist mir doch nicht böse, wenn ich dich an die Mutti verschenke?“

Dann schlief Hermann endlich ein. Aber am nächsten Morgen erschien ihm sein Entschluß doch zu heldenhaft. Er umarmte das Pferd und sagte zärtlich:

„Hat sie nun schon so lange auf dich gewartet, kann sie auch noch einen Tag länger warten. Heute möchte ich noch auf dir reiten.“

Während des ganzen Vormittags ging er kaum von dem Rücken des schönen neuen Schaukelpferdes herunter. Plötzlich hörte er ein lautes Klirren. Er schaute sich um, Jürgen, der eben noch im Zimmer gespielt hatte, war nicht mehr da. Neugierig blickte Hermann ins Nebenzimmer. Da stand der Knabe und hielt in der Hand eine Spitzendecke, die er von dem Spiegeltischchen heruntergezogen hatte. Einige Glasschalen lagen an der Erde.

„Mutti, – Mutti," jubelte er, „der Jürgen hat 'ne Geleedecke für dich!"

Auch Bärbel hatte das Klirren vernommen, eilte ahnungsvoll herbei und lief in die ausgebreiteten Arme ihres Jüngsten.

„Hier hast de!"

„Was machst du denn schon wieder?"

Zum Glück waren die beiden Schalen nicht zerbrochen.

„'ne Geleedecke, damit du nicht schreist!"

Aufs neue Ermahnungen, die Hermann schweigend mit anhörte.

„Ihr macht mir aber gar keine Freude mehr, Kinder, ihr seid hier in Dillstadt noch unartiger als daheim. Habt ihr mich denn gar nicht lieb?"

Zwei Knaben schmiegten sich zärtlich an die traurige Mutter.

„Wir haben dich so lieb, so schrecklich lieb, Mutti!"

„Warum macht ihr mich dann immer traurig?"

„Sollst nicht traurig sein, liebe Mutti, der Hermann wird dir eine große Freude machen."

„Nein, nein," rief Bärbel nervös. Sie hatte Angst vor den Freuden, die ihr die Kinder bereiten wollten.

„Willste nich, – Mutti?"

„Ihr sollt artig sein."

„Mutti, ich weiß aber, was du haben willst, der Hermann – schenkt dir – der Hermann – schenkt – Mutti – du sollst doch 'ne Freude haben, – er schenkt dir, – komm 'mal mit!"

„Was hast du denn schon wieder angerichtet, Kleiner? Warum fängst du denn an zu weinen?"

„Er will aber nicht weinen, er will dir doch 'ne Freude machen. – Ach, Mutti, ich habe ihn doch so lieb, aber ich schenke ihn dir."

„Wen schenkst du mir?"

„Den – den –“ und dann mit jähem Aufschluchzen, „den Schaukelpferd!“

Einen Augenblick blickte Bärbel fassungslos auf den Knaben, der beide Fäustchen in die Augen bohrte, dann tief aufatmete, ins Nebenzimmer eilte und vor Bärbel das Schaukelpferd hinschob.

„Da – haste, – und nu freu' dich aber, – ich geb' es dir gerne! Ja, dir geb' ich's. Nu wird der Hermann wieder sehr artig sein. Siehste, Mutti, nu haste doch noch dein Schaukelpferd bekommen. Aber der Hermann hat nu kein Pferd mehr.“

„Und das schöne Schaukelpferd willst du mir schenken?“

„Ja,“ sagte der Knabe tapfer, „der Vati hat gesagt, immerzu wünschst du dir ein Schaukelpferd, aber du hast nie eins gekriegt. Und du sollst dir doch freuen. So, nu reite 'mal!“

„Mein Junge, – mein lieber, lieber Junge!“

„Nu mußte aber auch reiten, Mutti!“

„Wenn die Mutti jetzt aber das Schaukelpferd gar nicht mehr haben will?“

„Nimm's nur, ich gebe es dir wirklich gerne. Aber nächstes Weihnachten krieg' ich doch wieder ein Pferd?“

Gerührt breitete Bärbel die Arme aus und drückte ihren Ältesten an sich. Sie hatte sich in den letzten Tagen manchesmal über ihre Jungens geärgert, aber in diesem Augenblick erkannte sie den guten Kern im Herzen ihrer beiden Kleinen. Das machte sie überaus glücklich.

„Die Mutti dankt dir recht herzlich für dein Geschenk. Damit du aber auch eine Freude hast, soll uns beiden das Schaukelpferd gehören, und wer will, der darf darauf reiten.“

„Ein halbes Pferd gehört also mir?“

„Ja, mein Junge.“

Jubelnd schwang sich Hermann auf den Rücken des Pferdes. „Ach, Mutti, haste nu auch am halben Pferd 'ne große Freude?“

„Ja, mein lieber Junge, daß du mir heute das Schaukelpferd geschenkt hast, war für mich eine sehr, sehr große Weihnachtsfreude."

„Da hätte dir der Weihnachtsmann doch schon lange ein Pferd bringen sollen, wenn du dich doch so darüber freust."

An diesem Vormittag verlangte Hermann mehrfach, daß sich die Mutti auf das Schaukelpferd setzte. Sie tat es auch, weil sie wußte, daß sie ihrem Knaben damit wiederum eine Freude bereitete.

8. Bärbel will Glück stiften

„Wenn du heute abend heimkommst, Harald, bin ich nicht hier. Ich fahre mit Jürgen nach Dresden."

„Dann bestelle recht schöne Grüße an die Großmama."

„Nein, Harald, ich werde die Großmama nicht besuchen. Ich werde Besorgungen machen, oh, ich habe allerlei einzukaufen, – vielleicht gehe ich am Abend eine halbe Stunde hinauf zu ihr, doch weiß ich es noch nicht. Das wird ganz darauf ankommen, wie es – na ja, du wirst schon sehen."

„Ist es nicht ein wenig unpraktisch, den kleinen Jürgen mitzunehmen, wenn du Besorgungen machst? Er wäre bei Frau Leuschner doch gut aufgehoben."

„Jürgen ist an dem heutigen Ausgang gerade das Wichtigste."

„So so, – da soll wohl für den kleinen Mann allerlei eingekauft werden?"

„Er soll das Glück bringen."

„Na, Bärbelchen," lachte Harald, „was hast du dir denn nun wieder ausgedacht?"

„Etwas ganz Wunderschönes, – du wirst staunen, Harald! Ich bin nämlich unter die Diplomaten gegangen."

„Du? – Aber, Bärbel, du hast zu tausend Dingen Talent, aber zum Diplomaten bist du ganz und gar nicht geschaffen."

„Du wirst dich wundern, Harald, – ich habe einen Schlachtplan entworfen, – einfach großartig. Listig wie eine Schlange umzingle ich mein Opfer, Jürgen hilft mir dabei, das Netz ist über die Betreffende geworfen, sie kann nicht mehr entfliehen."

Harald Wendelin machte ein bedenkliches Gesicht. „Mein liebes Goldköpfchen, es wäre mir wirklich sehr lieb, wenn ich auch etwas von deinem großangelegten Plan erfahren könnte. Sage es mir getrost. Ich würde nämlich keine rechte Ruhe in der Fabrik haben, wenn ich daran denken müßte, daß du, als meine Frau, allein dein Opfer umzingelst. – Kann ich dir nicht ein wenig dabei helfen? Ich zingele gerne mit."

„Nein, lieber Harald, heute kann ich dich gar nicht brauchen. Das ist Frauenarbeit. Du verstehst natürlich viel mehr als ich; aber heute muß ich die Geschichte ganz allein fingern, sonst mißglückt alles. Ich habe etwas Großartiges vor, – ach, wenn es doch gelingen wollte!"

„Eine Andeutung könntest du mir wenigstens machen."

Bärbel lachte herzlich. „Ich denke, Männer sind nicht neugierig?"

„Es ist nur die Sorge wegen der Umzingelung. Daß dir der Jürgen nur nicht die ganze Geschichte verdirbt. Ich finde, du hast dir keine guten Hilfstruppen gewählt, mein liebes Kind."

„Ach, Harald, – der Jürgen wird es machen! Der ist so niedlich, so drollig, – wenn der losplappert, hat man seine helle Freude an ihm. Der Hermann ist schon gewitzter, den kann ich heute schlechter brauchen. Ich sage dir, der Jürgen schafft es."

Der Oberingenieur überlegte. Er konnte sich gar nicht denken, was seine Frau mit dem Söhnchen in Dresden wollte. Das Glück wollten sie bringen? Aber wem? – Bärbel hatte ein so gutes Herz, hatte sie sich wieder einmal etwas einreden lassen? Sie war vielleicht in ihrer Arglosigkeit drauf und dran, eine Unüberlegtheit zu begehen.

„Soll ich dir das Auto herschicken, damit du nach Dresden fahren kannst?"

„Nein, Harald, ich habe dem Kleinen versprochen, mit der Eisenbahn zu fahren, und er freut sich schrecklich darauf."

„Dann wünsche ich also guten Verlauf deines diplomatischen Vorgehens. – Wann darf ich dich am Abend erwarten?"

„Erst zwischen acht und neun."

„Aber, Bärbel, – sonst muß der Jürgen um sieben zu Bett, heute schleppst du das arme Kind bis gegen neun Uhr draußen herum?"

„Es ist heute eben ein ganz besonderer Tag. Für das Glück eines anderen muß man 'mal ein Opfer bringen können."

„Nun gut, ich will in deine Geheimnisse nicht eindringen, mein Goldköpfchen."

„Möchtest es aber doch gerne wissen," lachte ihn Bärbel an.

Er nahm ihren Kopf zwischen beide Hände, schaute ihr zärtlich in die Augen und meinte: „Nicht aus Neugierde, mein Liebstes, dir kann ich vertrauen, nur aus Sorge um dich. Führt dich dein gutes Herz nicht wieder einmal einen falschen Weg?"

Bärbel wurde ernst. „Nein, Harald, es gilt heute einen Versuch, von dem ich gar viel erhoffe. Es handelt sich um meine liebste Freundin, um Edith. Du weißt, wie treu wir in der Schulzeit und auch später, während meiner Lehrzeit, immer zusammengehalten haben. Seit ihrer Verheiratung aber sind wir uns immer fremder geworden. Das tut mir sehr weh. Aber noch mehr leide ich darunter, daß Edith so unglücklich ist. Sie hat dabei gar keinen Grund dazu, eine Leere ist in ihr, sie sucht das Glück an ganz falschen Stellen."

„Ich denke, sie war von dem Aufenthalt in Düsseldorf so begeistert? Hat sie nicht bei Helene Werffen sehr viele Zerstreuungen gehabt?"

„Freilich, Harald, nun ist sie zurückgekommen und ist unbefriedigter denn je."

„Und nun willst du ihr das Glück bringen, mein Kleines?"

„Ja, Harald, ich habe mir alles lange und reiflich überlegt. Wenn ich an mich denke, wenn ich einen Blick in mein Heim tue, überall Freude und Sonnenschein. Edith hat nichts davon. Nun möchte ich ihr zeigen, wie man sich selbst das Glück verschaffen kann, an dem man auch in schweren Zeiten zehrt, ein inneres Glück, das durch nichts verlorengehen kann."

„Wie soll dir das gelingen, mein Bärbel? Es gibt Menschen, die niemals zufrieden, niemals glücklich sind, die immer nach anderen ausschauen, immer glauben, dem Nachbar gehe es viel besser."

„Weißt du, was Edith fehlt, Harald? Sie hat einen guten, fleißigen Mann, der viel zu nachsichtig ist. Sie kann sich gar manches leisten, aber ihr Leben ist trotzdem leer, sie ist unbefriedigt. Edith müßte ein ganzes Dutzend kleiner Kinder um sich haben, Lärm aus allen Ecken, sie müßte von morgens bis abends auf ihre Rangen aufpassen, schelten, verzeihen, küssen und prügeln, – das fehlt ihr."

„Edith ist keine Kinderfreundin, mein Bärbel, viel zu oft hat sie das schon gesagt."

„Na, Harald, warte erst 'mal ab. Ich habe gestern mit ihr telephoniert und sie kräftig beschwindelt."

„Was? – Du?"

„Diplomatische Notwendigkeit, – ich habe ihr gesagt, daß ich Jürgen heute wegen verschiedener Einkäufe brauche, daß ich ihn dann irgendwo absetzen möchte, weil er mich behindert. Zur Großmama könnte ich heute nicht gehen, sie sei eingeladen. Ich habe sie gebeten, ob sie mir den Jungen nicht für einige Stunden abnehmen wolle."

„Eine Freude wirst du ihr damit sicherlich nicht gemacht haben."

„Für den Anfang gewiß nicht, Harald, aber sie soll erst einmal sehen, wieviel Freude es macht, ein solches Würmchen um sich zu haben. Jürgen erzählt so niedlich, sie wird sich an dem Jungen freuen und so ganz langsam zu der Erkenntnis kommen, daß ein Haus, in dem kein Kinderjubel herrscht, eine öde Stätte ist."

„Mein gutes Goldköpfchen hat sich da einen recht braven Plan zurechtgelegt. Aber so leicht ist ein Mensch nicht umzuwandeln, mein liebes Bärbel. Wenn Edith unseren Jungen für Stunden behüten will, ist das sehr nett von ihr. Bestelle ihr herzliche Grüße. Dir aber wünsche ich, daß dir dieses diplomatische Manöver auch Erfolg einbringt."

Bärbel erhoffte von diesem Nachmittage sehr viel. Sie konnte gar nicht recht froh werden, wenn sie an Edith dachte. Mit inniger Liebe hing sie an der Schulfreundin, und oft zerbrach sie sich den Kopf, wie sie ihr helfen könnte. Edith war aus Düsseldorf zurückgekehrt, hatte erzählt, was Helene für ein herrliches Leben führe. Feste und Gesellschaften jagten sich geradezu, und trotzdem fühle sich die reiche Frau freudlos und innerlich leer. Erst kürzlich hatte man ihr Kind in eine Anstalt gebracht, doch bestand keine Hoffnung, daß der Zustand gebessert werden könne. Der Gatte Helenes widmete sich trotz seiner Krankheit der Arbeit. Alltäglich kamen und gingen Dutzende von Beamten, die seine Anordnungen entgegennahmen, in der Villa aus und ein, während Helene sich bei allen Festlichkeiten zeigen sollte, um die Firma zu repräsentieren. Dieses Leben in Reichtum und Luxus hatte Edith anfangs geblendet, aber allmählich war auch ihr zur Erkenntnis gekommen, daß alles dies ein Herz nicht auszufüllen vermöge.

Auf Bärbels Anraten hin, hatte sich Edith in der Wohlfahrt ehrenamtlich betätigt, doch auch das machte ihr sehr bald keine Freude; sie ließ es wieder sein, saß unbefriedigt daheim und wartete auf das Glück, das nicht kommen wollte.

Jürgen Wendelin war ein sonniges, kluges Kind, das durch seine drolligen Äußerungen die Herzen der ganzen Nachbarschaft eroberte. Auf ihn setzte Bärbel alle Hoffnungen, und frohen Herzens fuhr sie am zeitigen Nachmittag nach Dresden, um ihren Sohn als Medizin bei Edith abzugeben.

Edith empfing die Freundin herzlich. Sie fand die Idee reizend, ihr den Knaben anzuvertrauen, und berichtete, daß sie schon heute früh allerlei Spielzeug besorgt habe, damit sich Jürgen nicht langweile.

In kindlichem Vertrauen setzte sich Jürgen auf den Schoß der guten Tante und versprach der sich verabschiedenden Mutter, daß er auf Tante Dita sehr toll aufpassen wolle, die Mutti könne ruhig gehen.

Während der Besorgungen, die Bärbel machte, weilten ihre Gedanken bei der Freundin und dem kleinen Jürgen. Würde Edith des Kindergeplauders bald überdrüssig werden, oder würde Bärbel mit ihrem Plan doch Siegerin bleiben? Mehrfach drängte es sie, die Besorgungen abzubrechen, um zu Edith zurückzukehren, aber sie bezwang sich tapfer. Jetzt hieß es eben, alles auf eine Karte setzen. Fand Edith an Jürgen Gefallen, kam ihr durch das Kindergeplauder der Gedanke, daß durch Kinder Segen und Glück ins Haus komme, so war es gut, wenn sie sich mehrere Stunden lang mit dem Kleinen beschäftigte. Wurde ihr aber der Knabe lästig, nun, dann mußte sie eben auch für die nächsten Stunden der Freundin das Opfer bringen, den Kleinen zu betreuen.

Kurz nach sechs Uhr hielt es Bärbel nicht länger aus. Eiligen Schrittes begab sie sich zu Edith zurück. Ihr war recht bänglich zumute, als sie läutete und das Mädchen öffnete. Im gleichen Augenblick hörte sie aber auch ein zweistimmiges Gelächter, sie erkannte die Stimme ihres Kindes, in die sich die der Freundin mischte.

„Dem Himmel sei Dank," sagte Bärbel leise, eilte dann hastig in das Zimmer und blieb an der Tür stehen. Auf dem Teppich lag die junge Frau, und über sie hin kletterte der kleine Jürgen. Alles das geschah unter Jubel und Lachen.

„Bist du schon da? Du willst doch nicht etwa deinen Buben abholen?"

„Jürgen bleibt noch hier, Mutti!"

„Ach – ich habe noch einen Gang vergessen, Edith," stammelte Bärbel, und die Freude verlegte ihr fast die Stimme, „ich will rasch noch einmal gehen."

Weg war sie. Unten auf der Straße aber stand sie lange und faltete andächtig die Hände.

„Lieber, lieber Himmel, du hast mir, seitdem ich auf der Welt bin, unendlich viel Glück geschenkt, daß es fast zuviel für mich ist. Gib nun der dort oben auch ein bißchen davon ab, zeige ihr den rechten Weg, laß meinen Plan gelingen, damit ich Edith wieder voll und ganz zurückgewinne, damit sie sich aber auch nicht selbst verliert. Ach, mach' sie doch auch glücklich!"

Bärbel ging die Straße auf und ab, – ab und auf. Noch immer schien ihr die Zeit nicht gekommen, um wieder hinaufzusteigen. Dort oben sollte eine Frau immer klarer erkennen, was Kinder für Glück bringen.

Sieben Uhr war längst vorbei, als sie sich wieder einfand. Mit strahlenden Augen empfing sie Edith. So froh hatte die Stimme der Freundin lange nicht mehr geklungen.

„Wenn du mich lieb hast, Bärbel, wenn du wirklich meine Freundin bist, mußt du mir den kleinen Jürgen öfters bringen. Alle Woche mindestens einmal. Es war heute zu schön!"

„Es war zu schön," wiederholte der Knabe. „Mutti, ich bleibe hier!"

„Was, – du willst nicht wieder zu deiner Mutti kommen?"

Einen Augenblick schwankte das Kind, dann lief es mit ausgebreiteten Ärmchen auf Bärbel zu.

„Na ja," meinte der Knabe gönnerhaft, „bei dir ist es auch schön!"

Bärbel mußte energisch Einspruch erheben, daß ihrem Jürgen nicht von Edith alle Taschen mit Süßigkeiten vollgestopft wurden.

„Du darfst mir den Jungen nicht so sehr verwöhnen, liebe Edith."

„Bleibe doch noch eine halbe Stunde hier, Bärbel, dann kommt mein Mann heim."

„Nein, Edith, es wird zu spät, der Junge muß zu Bett, sonst schläft er längst um diese Zeit."

„Ach, bitte, nur noch eine halbe Stunde."

Da gab Bärbel nach. Es war gewiß nicht richtig, daß sie dem Knaben den Schlaf entzog, aber vielleicht war es ganz gut, wenn Just Rindermark seine Frau in dieser glücklichen Stimmung antraf, wenn auch er das Geplauder des kleinen Jürgen hörte und wenn auch ihm die Sehnsucht nach solch einem Glück ins Herz zog.

„Ich will wenigstens mit Harald telephonieren, daß er sich nicht ängstigt."

„Das wollen wir gleich machen. Bärbel."

Bärbel war am Apparat recht kleinlaut. „Ich lasse ihn morgen bis Mittag schlafen, Harald, sei nicht böse. Ich denke, es klappt alles!"

„Nun gut, Bärbel, handle, wie du es für richtig findest."

Kurz vor acht Uhr kam Just Rindermark heim. Bärbel sah sofort, daß er auf das höchste erstaunt war, seine Frau in solch guter Laune anzutreffen. Sie mochte den ernsten, pflichttreuen Mann gut leiden und wünschte ihm von Herzen das Glück. Jürgen war dem Prokuristen gegenüber nicht schüchtern, im Gegenteil, er machte auch jetzt wieder so drollige Bemerkungen, daß Rindermark sehr bald von der allgemeinen Fröhlichkeit angesteckt wurde und es lebhaft bedauerte, als Bärbel ernstlich zum Abschied drängte.

Man brachte sie bis zum Bahnhof. Rindermark ließ es sich nicht nehmen, den ganz plötzlich müde werdenden Knaben zu tragen. Als man sich voneinander verabschiedete, lagen die Hände der beiden Freundinnen fest ineinander. Bärbel schaute Edith tief in die Augen.

„Wenn dich der Lärm nur nicht gestört hat, Edith. Als Mutter ist man glücklich, ein so lebhaftes Kind um sich zu haben, aber du bist das nicht gewöhnt."

„Es war so schön, Bärbel, – schicke ihn mir nur recht bald wieder her."

– – –

Wenige Tage später rief Edith telephonisch bei Bärbel an, ob es ihr recht wäre, wenn sie mit ihrem Manne am Sonntag nach Heidenau hinauskäme.

„Ich habe Sehnsucht nach meinem kleinen Freunde." "Ihr seid uns natürlich herzlich willkommen," erwiderte Bärbel, „wollt ihr nicht schon zu Tisch herauskommen?"

So kam es, daß schon Sonntag mittag Herr und Frau Rindermark in der Villa in Heidenau weilten, und daß Bärbel ganz absichtlich viel draußen in der Küche war, denn Edith spielte reizend mit den beiden Knaben. Die beiden Herren saßen zusammen im Nebenzimmer und lauschten zeitweilig hinüber, über das Antlitz des Prokuristen glitt oftmals ein Freudenschimmer, wenn er aus dem Munde seiner Frau ein fröhliches, lange entbehrtes Lachen vernahm.

Als Bärbel am Nachmittage die Kinder hinausschicken wollte, damit die Erwachsenen allein bleiben konnten, fuhr Edith beinahe entrüstet auf.

„Nein, Bärbel, die Kinder laß nur hier, ich habe lange nicht mehr so fröhliche Stunden verlebt wie bei ihrem lustigen Geplauder."

Am Abend war man schließlich doch allein. Immer wieder berichtete Edith von den drolligen Äußerungen der beiden Kinder, und immer wieder lachte sie herzlich in Erinnerung an die spaßigen Ausdrücke.

„Ein ganzes Kinderbuch kann man über deine Kleinen schreiben, Bärbel. Höre nur, Just, wie ein Bube den anderen belehrt: Da will mein kleiner Freund wissen, warum die kleinen Hühnchen aus den Eiern schlüpfen, und Hermann gibt ihm zur Antwort: „Weil sie nicht wollen, daß man sie mitkocht.""

Sie lachte immer wieder herzlich auf.

„Die kleinen Trabanten machen meiner Frau mitunter recht viel zu schaffen; in Ihrer Häuslichkeit sieht es gewiß viel ordentlicher aus als bei uns. Sie brauchen um Vasen und Teller nicht zu zittern, Frau Edith, bei uns klirrt es manchmal."

„Das ist doch nicht schlimm, dafür sind es doch Kinder."

„Ja," pflichtete Bärbel bei, „dafür sind es Kinder, die das Glück ins Haus bringen. Wenn ich an alle die kleinen Episoden zurückdenke, wird alles Unangenehme reichlich aufgewogen. Da vergißt man, daß zu

Weihnachten beinahe das Zimmer im Elternhause ausgebrannt wäre, daß erst vor wenigen Tagen mein Schlafzimmerspiegel zerschlagen wurde, eine Kristallschale zerbrach, daß man mit meinem Seidentuch die Zimmer aufwischen wollte. Da gibt es Hunderte von kleinen Erlebnissen, die eine Mutter glücklich machen."

„Wenn man nur die Gewißheit hätte, daß die Kinder geraten."

Nachdenklich schaute Bärbel vor sich nieder. „Wenn man sich immer wieder Mühe gibt, wenn man genau auf die Entwicklung in den kleinen Herzen achtet, merkt man doch schon zeitig, ob die Saat, die darin aufgeht, stark von Unkraut durchsetzt ist. Ich hoffe, daß ich an meinen beiden Jungen später Freude erleben werde. Sie sind gut, meine Buben, hat doch erst gestern früh mein Jürgen mit dem Fingerchen von seinem Brötchen die Marmelade heruntergestrichen und mir vor den Mund gehalten, weil ich geäußert hatte, daß mir gerade diese Marmelade sehr gut schmecke. Ich sollte sie haben, er wollte meinetwegen verzichten. Und Hermann hat mir zu Weihnachten sein Schaukelpferd geschenkt. Ich weiß, es ist ihm sehr schwer geworden, aber er hat es getan, um mir eine Freude zu machen. So könnte ich dir Hunderte von kleinen Zügen erzählen, liebe Edith, die mir beweisen, daß die Herzen meiner beiden Jungen gut sind."

„Sie übertreiben ihre Güte mitunter," lachte Harald, „hat mich doch erst am vorigen Sonntag der Hermann gebeten, ich möchte keine Strümpfe mehr tragen. Er meinte, die Mutti hätte gejammert, daß so viel zu stopfen sei. Er wollte mir durchaus keine Strümpfe geben, um seiner lieben Mutti Arbeit zu ersparen."

Edith war immer stiller geworden. Wie glücklich konnte Bärbel sein, wie viel Freude bot dieser doch ihr Heim.

Sie schüttelte gewaltsam ihre schwermütige Stimmung ab. „Heute bekam ich einen Brief von Helene aus Düsseldorf. Sie fährt in den nächsten Tagen über Dresden und möchte uns wiedersehen. Wir wollen uns bei mir treffen."

„Arme Helene," sagte Bärbel, „wenn ich sie doch auch so recht glücklich machen könnte!"

„Vielleicht – vielleicht," begann Edith stockend, „müßte sie sich ein Kindchen annehmen."

„Ich glaube nicht, daß ihr der Gatte das gestatten würde. Sie muß ja so häufig zu Vergnügungen gehen, muß die eigenen Gäste empfangen. Da hat sie wenig Zeit für solch ein kleines Wesen. Aber freilich, sie würde das Glück kennenlernen, wenn sie ein Kindchen hätte."

Sehr spät erst ging der Besuch wieder heim.

„Ich habe das Gefühl," sagte Bärbel beim Abschied, „daß wir uns wieder nähergekommen sind, liebe Edith, ich hatte schon Sorge, daß ich dich verlieren könnte. Aber heute war es mir wieder warm ums Herz, komm doch recht bald wieder."

Sie waren gegangen. Bärbel schmiegte sich an ihren Gatten und sprach beglückt auf ihn ein. „Sie war so froh, Harald, vielleicht wird sie doch noch einmal recht glücklich."

„Ich glaube beinahe, daß es der kleinen Diplomatin gelungen ist, Frau Edith zu umzingeln. Es will mir so scheinen, als hättest du ihr wirklich ein Netz über den Kopf geworfen."

„Meinst du?" fragte Bärbel jauchzend.

„Kleine, gute Glückspenderin! Ich möchte es Edith wünschen, daß auch sie zu der Erkenntnis kommt, was der Inhalt des Lebens ist." – – –

Gegen Ende der Woche war Helene für einen Tag in Dresden eingetroffen. Sie hatte Bärbel davon benachrichtigt und sich dann mit ihr in Ediths Wohnung getroffen, um dort einige Plauderstunden gemeinsam zu verbringen.

Helene sah heute fast noch gedrückter aus als damals, wo man sich im Café der Blau-Blümelein getroffen hatte. Und wieder jagten hinter Bärbels Stirn die Gedanken, ob sie nicht auch diese Schulkameradin ein wenig glücklicher machen könnte. Ganz absichtlich begann sie von ihren

Kindern zu erzählen, voller Begeisterung stimmte Edith in das Lob der beiden Knaben mit ein. Aber plötzlich verstummte Bärbel. Sie bemerkte den trostlosen Ausdruck in den Augen der reichen Frau, verstohlen gab sie Edith einen Wink. Aber diese war nun einmal von Jürgen so begeistert, daß sie nicht sogleich aufhören wollte.

„Den Jungen müßtest du sehen, Helene, ich kenne kein süßeres Kind. Du hättest ihn mitbringen müssen, Bärbel."

„Wir haben neulich davon gesprochen, du müßtest dir ein Kind ins Haus nehmen. Helene, denn es ist gar zu drollig, mit solch einer kleinen Krabbe zu spielen."

Helene Werffen machte eine abwehrende Handbewegung, doch Edith redete immer dringlicher auf sie ein. Da sprang die andere plötzlich erregt auf.

„Wenn du nicht willst, daß ich sofort von dir gehe, Edith, so höre davon auf!"

„Und ich meine es doch gut, Helene," erwiderte Edith betreten.

„Glaubst du denn, ich hätte nicht schon lange diesen Gedanken gehabt? Ich weiß sehr wohl, wie trostlos es ist, immer allein zu sein. Nur immer allein. – Ich sehe mein leeres Leben. Und es wird in Zukunft noch öder und jammervoller sein. Aber ich darf nicht, ich darf ja nicht Mensch sein, nicht Frau, – nicht Mutter. Ich bin nur die reiche Frau, die Repräsentantin der Weltfirma. – Ach, wie beneide ich dich, Bärbel! – Aber jetzt seid still davon, mein Leben ist leer und bleibt leer!"

„Wir wollten dir nicht wehe tun, liebe Helene," sagte Bärbel bedrückt.

„Du meinst es gut mit mir, Bärbel, herzlich gut, ich weiß es, aber mir kann nicht geholfen werden. Jede Frau, sei sie noch so arm, kann sich ihr Glück schaffen, – ich darf es nicht! Mich hat man mit Ketten an unser Hüttenwerk geschmiedet, ich habe Pflichten, die mich langsam zugrunde richten, da mir die Freude im Leben fehlt. Aber laß uns jetzt nicht länger davon reden, – ich muß mein Leben ertragen."

Man hatte vergeblich versucht, wieder eine etwas heitere Stimmung zu schaffen; es war nicht gelungen. Schweren Herzens hatte man sich endlich getrennt. Als Bärbel von Edith Abschied nahm, umschlang sie die Freundin weinend:

„Sie ist die Unglücklichste von uns, Bärbel, ein jeder kann sich sein Glück schmieden, – sie, die Ärmste, darf es nicht!“

„Und du, – die du bisher so unbefriedigt gewesen bist?“

Da drückte Edith ihre Lippen lange auf den Mund der Freundin.

9. Gute Saat

Verklärt neigte sich Bärbel über das kleine Körbchen, in dem wieder einmal ein winziges Menschenkind lag. Der Himmel hatte ihr nun auch noch ein Töchterchen geschenkt, ein gesundes, fröhlich schreiendes Mädchen, das Bärbel auf den Namen Erna taufen ließ. Diesmal hatte sie nicht lange geschwankt. Sie hatte so oft die treue Fürsorge der Mutter erkennen müssen, hatte immer wieder gesehen, welche Werte die Mutter in die Herzen ihrer Kleinen pflanzte, so wünschte sie nichts sehnlicher, als daß dieses Kindchen der geliebten Mutter einmal recht ähnlich werde, so hatte das Töchterchen den Namen der Mutter, Erna, erhalten.

Frau Wagner weilte auch diesmal wieder in Heidenau. Obwohl Bärbel sehr gute Pflege hatte, konnte sie es doch nicht über das Herz bringen, beim ersten Mädchen ihres Goldköpfchen zu fehlen.

Hermann und Jürgen betrachteten die neue Schwester mit gemischten Gefühlen.

„Wenn wir nu so viele werden wie drüben beim Kaufmann, und du bringst uns für zwanzig Pfennige Schokolade mit, Großmama, muß man ja in so viele Teile teilen. Es wäre doch besser, wir wären nur unser zwei geblieben.“

„Es ist doch sehr schön, daß ihr nun auch ein kleines Schwesterchen bekommen habt.“

„Aus 'nem Schwesterchen machen wir uns nichts!"

„Der Jürgen hätte lieber so 'n Ding mit zwei Flügeln hinten, das in der Luft 'rumfliegt, wie der Fritz unten eins hat."

„Ein kleines Mädchen ist etwas viel Besseres als solch ein Luftschiff."

„Nee, Großmama, ein Luftschiff ist besser. So 'n kleines Mädchen schreit immerzu. Wenn der Fritz das Luftschiff aufdreht, dann fliegt es."

Bärbel war wenig erbaut, als ihre beiden Knaben offenbarten, daß sie an dem neuen Schwesterchen gar keine Freude hätten.

„Möcht' lieber ein Luftschiff haben," meinte der kleine Jürgen.

Als sich die junge Mutter mit Frau Wagner allein im Zimmer befand, sagte Bärbel traurig: „Ist es nicht schrecklich, Mutti, daß sie sich gar nicht darüber freuen? Dem Jürgen ist ein Luftschiff lieber als eine Schwester."

Frau Wagner lachte fröhlich. „Da wollen wir doch einmal über zwanzig Jahre zurückdenken, mein geliebtes Goldköpfchen. Im Bettchen lagen zwei kleine Bübchen, ein kleines goldhaariges Mädchen neigte sich darüber und sagte weinerlich: „Ich will keinen Zwilling, ich will lieber ein Ziegenböckchen!" – So hast du einmal gesprochen, mein Bärbel, und wenn dein Junge heute einen Flugapparat haben will statt einer kleinen Schwester, brauchst du darüber nicht traurig zu sein. Es wiederholt sich alles im Leben. Manch eine Äußerung, die du selbst getan hast, wird aus dem Munde eines deiner Kinder dir entgegenklingen, und wie sich das Gute forterbt, erbt sich auch der Kindermund von Geschlecht auf Geschlecht. Deine beiden Jungen werden das Schwesterchen gewiß noch sehr lieb bekommen, es wird ein fröhliches Dreigespann werden."

Am Nachmittag kamen Hermann und Jürgen ins Kinderzimmer.

„Mutti, – der Jürgen hat sich was Feines ausgedacht! Nagele doch dem Schwesterchen hinten dran die beiden Flügel." Mit diesen Worten hielt Hermann der Mutter zwei aus Pappe geschnittene Flügel hin, ähnlich den Tragflächen von Fritzens Doppeldecker.

„Und dann fliegt es!" rief Jürgen.

„Wo soll ich denn das hinnageln, Kinder?“

„Na, irgendwo hinten hin, wo der Flugapparat auch die Flügel hat.“

„Aber, Hermann, sei doch nicht so dumm. – Das Schwesterchen ist doch kein Flugzeug.“

„Sie soll 'mal versuchen!“ rief Jürgen.

Beide Knaben drängten so stürmisch nach dem Bettchen der kleinen Schwester, daß Bärbel das Neugeborene angstvoll vor den Angriffen der beiden jungen Ingenieure schützen mußte.

„Und dann steckste ihm einen Schlüssel in den Mund und ziehst es auf. – So macht es der Fritz auch!“

„Das Schwesterchen wird später laufen lernen. Es braucht nicht zu fliegen.“

„Jotte nee,“ meinte Hermann, „wenn es eben so klein und zimperlich ist, wollen wir uns lieber nicht weiter um so 'nen Quark kümmern. Das ist nichts für Männer.“

„Na warte nur, kleiner Hermann, wenn du Ostern zur Schule kommst, wirst du sehr schnell merken, daß du noch lange kein Mann bist.“

„Mutti, ich habe es mir überlegt, ich gehe gar nicht in die Schule, ich habe keine Lust dazu. Den ganzen schönen Vormittag muß man dann stille dasitzen. Der Fritz unten meint auch, daß die Schule eine ganz dumme Einrichtung sei.“

Bärbel seufzte. Genau so hatte auch sie als sechsjähriges Mädchen gesprochen. Die Schule war ihr verhaßt gewesen, und manchen Kummer hatte sie dem guten alten Fräulein Gregor bereitet. Ach ja, die Mutter hatte recht, wenn sie behauptete, alles wiederhole sich. Ob ihre Kleinen auch einmal solche Faulpelze würden, wie sie einer gewesen war? Wenn Bärbel an die eigene Kindheit zurückdachte, kamen in ihr Gesicht sorgenvolle Falten. Die Eltern hatten es freilich recht gut verstanden, aus dem übermütigen und unnützen kleinen Mädchen einen pflichtgetreuen Menschen zu machen. Ob sie aber auch eine solche Erziehungskünstlerin war? Der Gedanke, daß sie doch dabei manchen Mißgriff machen würde, bereitete ihr noch immer große Sorgen.

Und doch gab es in ihrem Leben auch jetzt wieder ungezählte Freuden. In wenigen Wochen würde sie auch ein kleines Kindchen über die Taufe halten. Ediths Herzenswunsch ging in Erfüllung, bald krähte auch bei Rindermarks ein Baby in der Wiege. – – –

Es kamen aber auch Zeiten voller Sorgen. Die Kinderkrankheiten stellten sich ein, und besonders der kleine Jürgen hatte wochenlang eine schwere Diphtheritis und Scharlach durchzumachen. Mit größter Aufopferung pflegte Bärbel ihre Kinder. Wohl war es ihr schmerzlich, daß sie die erst wenige Monate alte Erna den Händen der treuen Kinderfrau vollkommen überlassen mußte, doch das Leben Jürgens hing an einem Faden, und Bärbel setzte ihre ganze Kraft, ihre ganze Aufopferung ein, um das bereits schwach flackernde Lebenslichtlein vor dem Verlöschen zu bewahren.

Als sie dann nach Wochen jede Gefahr beseitigt wußte, als sie wieder im Kreise ihrer Familie saß, sah Bärbel sehr elend aus, so daß Harald es für dringend notwendig hielt, daß sie eine längere Erholungsreise ausführte. Sie lehnte ab. Sie wollte sich nicht erneut von der kleinen Erna trennen und meinte, daß sie sich auch hier, im schönen, ruhigen Heidenau, erholen könnte, zumal ihr Harald eine tüchtige Wirtschafterin engagiert hatte, die den Haushalt gewissenhaft führte. So war die junge, erholungsbedürftige Mutter stark entlastet und blühte schon nach wenigen Wochen wieder neu auf.

Da war eines Tages der Direktor der Fabrik persönlich zu Bärbel gekommen und hatte ihr ganz formell eine Einladung zu der großen Jubiläumsfeier der Firma überbracht.

„Das hundertjährige Bestehen der Fabrik soll festlich begangen werden. Es sollen aber nicht nur die Erwachsenen ihr Festessen und den geselligen Abend haben, es soll auch ein Freudenfest für die Kinder werden. So ist im großen Restaurantgarten von Würzmann ein solcher Kindernachmittag geplant. Belustigungen aller Art, Karussell, Schießbude und dergleichen mehr. Ich hoffe, daß Sie uns Ihre beiden Jungen auch senden werden, gnädige Frau. Das Fräulein Tochter ist wohl noch etwas zu klein, sonst hätte ich ihr auch eine Einlaßkarte überreicht."

„Da machen Sie meinen Jungen gewiß eine große Freude, Herr Direktor."

Bärbel ließ die beiden Knaben rufen und teilte ihnen mit, welche Freude ihnen bevorstehe.

Stürmischer Jubel brach los. Jürgen wollte sogleich wissen, ob auch eine Würfelbude vorhanden sei, in der er einen Pfefferkuchen, so groß wie die Wand, gewinnen könnte.

„Oder so eine schöne blaue Vase, wie sie die Mutter vom Fritz hat," sagte Hermann sehnsüchtig. „Mit 'nem goldenen Vogel, der am Rande sitzt."

Diese blaue Vase, aus gewöhnlichem Glas, die Fritzens Mutter selbst einmal in einer Würfelbude gewonnen hatte, war die ganze Sehnsucht Hermanns. Er behauptete, daß weder die Urgroßmutter, noch die Großeltern, noch die Mutti eine solche „Kostibarität" hätten, wie der Kleine sich ausdrückte.

„Will zusehen, daß auch solch eine herrliche Vase unter den Gewinnen vorhanden ist. Also blau mit einem goldenen Vogel am Rande?"

Erregt beschrieb Hermann das kostbare Stück.

Natürlich sprach man nun in der Kinderstube von nichts anderem mehr als von dem bevorstehenden Fest. Gingen die Knaben mit der Mutter oder Frau Leuschner spazieren, so schlug man stets den Weg nach dem Würzmannschen Garten ein, denn dort wuchsen allerlei Buden wie Pilze aus der Erde hervor. Immer mehr Kinder fanden sich zusammen, Erwartungen wurden ausgetauscht, und die Vorfreude steigerte sich zu einem Sturm, als man am Tage vorher das Karussell erblickte, auf dem außer Pferden auch noch Elefanten und Löwen aufmontiert wurden.

Bärbel mußte sich mehrfach die Ohren zuhalten, denn die Knaben schrien erregt auf sie ein und waren kaum zu bändigen.

„Ich reite morgen auf 'nem Löwen!"

„Und ich auf dem Rüssel vom Elefanten," meinte Jürgen.

„Mutti, ein Teich is auch da, darin lassen wir das Schwesterchen schwimmen."

„Das Schwesterchen bleibt schön daheim, mein Junge."

„Ist gut so," meinte Jürgen befriedigt, „sonst müßte man auf die Kleine aufpassen und könnt' nicht immerzu Karussell fahren."

„Kleine Mädchen gehören ins Bett," meinte Hermann altklug, „da wird es doch nur krank und holt sich den dufte Ritus!"

Der Festtag brach an. Daß etwas Besonderes in Heidenau vor sich ging, merkte man schon mittags, kurz nach Beendigung der Schule. Durch die Straßen lärmten die Kinder, eines schrie das andere an, und von Löwen, Elefanten, Kasperletheater, Schieß- und Würfelbuden hallten die Straßen wider. Es war für die Jugend ein Tag der freudigen Aufregung.

Bärbel hatte heute einen schweren Stand. Immer wieder drängten die Knaben, es sei doch endlich Zeit zum Gehen; man wartete voller Sehnsucht auf den Vati, der heute nur bis Mittag in der Fabrik war und gegen ein Uhr heimkam. Weder Harald noch Bärbel wollten sich der Freude berauben, daheim zu bleiben. Auch hielten sie es für richtig, die beiden lebhaften Knaben etwas zu beaufsichtigen. Wenn auch der Direktor gesagt hatte, daß genügend Spielleiter und Aufpasser vorhanden waren, war es doch wohl richtiger, daß auch die Eltern an dem allgemeinen Feste der Kinder teilnahmen.

Als Harald Wendelin mittags heimkehrte, stürmten ihm seine beiden Knaben schon im Flur entgegen.

„Endlich kommst du, nun können wir gehen!"

„Aber, Kinder, wir wollen doch erst Mittag essen!"

„Ist gar nicht nötig," sagte Hermann. „Wir essen dort so viel Kuchen, daß wir heute kein Mittag brauchen," und leiser setzte er hinzu: „Es schmeckt heute nicht, Vati, – es gibt Kohlrabi und Rindfleisch."

„Das ist ja gerade etwas Schönes, mein Junge. Und vor drei Uhr wird nicht gegangen. Also Ruhe!"

Nach fünf Minuten kam Jürgen. „So, Vati, nu is es drei!"

„Noch lange nicht, kleiner Mann."

„Komm nur, es ist drei!"

Die Uhr der Kinderstube zeigte tatsächlich die dritte Stunde. Der kleine Mann hatte sich von der ahnungslosen Kinderfrau belehren lassen, wie die Zeiger stehen müßten, wenn es drei Uhr wäre, und hatte dann selbst die Uhr, seinen Wünschen entsprechend, gestellt.

„Nu gehen wir los!"

Aber es waren noch qualvolle zwei Stunden, ehe man endlich an den Aufbruch dachte. – – –

In dem großen Würzmannschen Garten herrschte bereits reges Leben, als Wendelins ankamen.

Harald und Bärbel schritten mit ihren beiden Knaben an den verschiedenen Buden dahin, ein jubelnder Schrei kam über die Lippen Hermanns.

„Mutti, – oh, wie schön!"

Bärbels Blicke folgten der ausgestreckten Hand. Eine Würfelbude, und auf den Brettern dieser Bude große rote und blaue Vasen, goldene Hunde, goldene Engel, Teller, mit Vergißmeinnichtkränzen verziert, Zuckernäpfe, blau mit Silber, Vögel in den unmöglichsten Farben und anderes mehr.

„Mutti, – Mutti, – ach, ist das schön!"

Besonders ein großer Porzellanhund fachte die Begeisterung der Knaben zu hellen Flammen an.

„Vati, kann ich 'mal würfeln, – ich möchte den schönen Hund gewinnen!"

„Erst nach dem Kaffeetrinken, mein Junge."

„Dann komm schnell. – Ach, Vati, ich möchte den goldenen Hund gewinnen!“

Auf den Tischen standen Berge von Kuchen, Kellner und zahlreiche junge Mädchen gingen mit gefüllten Kannen umher. Es gab Kaffee, Kakao und Milch. Ein lebhaftes Schwatzen setzte ein, besonders an den Kindertischen ging es stürmisch her.

Dann begannen die Spiele. Anfangs beteiligten sich die Erwachsenen lebhaft daran, dann wurden Bärbel und Harald von dem Direktor und dessen Familie in Anspruch genommen, sie überließen ihre beiden Knaben beruhigt den Spielleitern.

Die Kinder bekamen allerlei Karten. Einige für das Karussell, andere für die Würfelbude, Eintritt für das Kasperletheater; denn der Direktor wünschte, daß alles ganz gleichmäßig verteilt würde. Hermann ließ Karussell und alles im Stich, er eilte zur Würfelbude, um sich den goldenen Hund zu erringen.

Dreimal durfte er würfeln.

„Über zwölf gewinnt,“ sagte die freundliche Frau. „Dann darfst du dir etwas aussuchen.“

„Auch den goldenen Hund?“

„Jawohl, mein Junge, wenn du über zwölf wirfst.“

Hermann würfelte. Aber er schien kein rechtes Glück zu haben. Zuerst wurden es im ganzen acht Augen, dann elf und zum dritten Male sogar nur fünf.

„Krieg ich nu keinen goldenen Hund?“

„Nein, mein Junge,“ sagte die Frau, „aber ich lasse dich noch einmal werfen.“

Aber auch dieser Wurf verlief ergebnislos. Dem kleinen Hermann stiegen die Tränen in die Augen, als er langsam die Würfelbude verließ. Alles andere machte ihm keine rechte Freude mehr. Wohl bestieg er das Karussell, aber immer wieder dachte er an den schönen goldenen Hund, den nun ein anderes Kind gewinnen würde. Es zog ihn immer wieder zu der Würfelbude hin. Er stand still und stumm daneben, wenn andere Knaben würfelten, und immer gab es ihm einen wehen Stich ins Herz, wenn er sah, daß andere gewannen, während er mit leeren Händen daneben stand. Wie merkwürdig, daß sich die glücklichen Gewinner den goldenen Hund nicht wählten, sondern stets verlangend nach anderen Dingen griffen.

Die Stunden verrannen. Es wurde laut geblasen, man rief die Kinder zum Tanzen in den großen Saal. Da strömte alt und jung hinein, nur Hermann folgte dem Rufe nicht. Er stand an der Würfelbude und schaute nach dem goldenen Hund. – – –

Bärbel und Harald hielten es für ihre Pflicht, endlich einmal nach ihren Kindern zu sehen. Ob sie wohl beide mit in den Saal gegangen waren, um dort umherzuhüpfen? Die Eltern gingen hinein. Weder Hermann noch Jürgen waren darin zu sehen.

„Die Knaben sind vielleicht noch draußen beim Karussell."

„Das hat im Augenblick den Betrieb eingestellt, Bärbel. – Aber wir wollen trotzdem einmal nachsehen."

Von der Schießbude her schallte die erregte Stimme eines Mannes.

„Wartet, ihr Strolche, einer von euch hat es getan! Wer hat mir mit den großen Kugeln die eine Figur zerworfen? Ihr alle fünf waret dabei? Wer von euch hat es getan?"

„Ich nicht – ich nicht – ich nicht –"

„Hier liegen drei Kugeln aus der Wurfbude von nebenan. Ich hole die Polizei. Schämt ihr euch denn gar nicht? – Nu 'raus damit, – wer von euch hat es getan?"

Bärbel war durch die scheltende Stimme aufmerksam geworden. Sie schaute hinüber und erkannte ihren Jürgen unter der kleinen Schar. Sie erschrak heftig und eilte hinzu, um zu sehen, was los sei.

„Das Leder hau' ich dem voll, – wie kommt ihr dazu, mir meine Figuren mit den schweren Kugeln zu zerwerfen? – Na, wer war es?“

Gerade, als Wendelins herantraten, klang eine weinerliche Stimme: „Hau aber nicht zu toll, – ich war's!“

„Du – so ein kleiner Knirps! Der Kleinste von allen?“

Bärbel sah ihren Jürgen. Sie wollte noch weiter vortreten, doch der Gatte hielt sie zurück.

„Wir haben doch – wir haben doch –,“ schluchzte er jämmerlich, „nach den schönen Sachen da nebenan werfen dürfen, da hat der Jürgen mitgeschmissen.“

„Ja, der Jürgen hat geschmissen, der hat alles kaputt gemacht!“

„Du hast auch geschmissen,“ sagte der Jürgen und tippte einen zweiten und einen dritten Knaben an.

„Is ja nicht wahr!“

„Der lügt,“ sagte Jürgen entrüstet, „der hat doch zuerst geschmissen, und der Jürgen hat mitgeschmissen.“

Da griff der Mann nach den beiden anderen Missetätern und versetzte ihnen einige kräftige Schläge auf die Hände.

„Der Jürgen hat mitgeworfen,“ sagten die beiden Bestraften.

„Der kriegt keine Prügel, denn er hat sich gemeldet. Das ist ein anständiger kleiner Bursche. Und wer die Wahrheit spricht, auch wenn man mit Strafe droht, dem wird verziehen.“

„Sei nicht böse, lieber Mann,“ sagte Jürgen, „der Vater klebt dir die Puppe wieder zusammen. – Will gleich 'mal den Vati holen.“

Da zog Harald rasch sein Goldköpfchen fort, auf dessen Gesicht helle Freude stand.

„Er lügt nicht,“ sagte sie glücklich. „Hast du es gehört, Harald? Er sollte nicht zu toll hauen, aber gemeldet hat er sich doch.“

„Sagte ich dir vorhin nicht, daß gute Saat im Herzen deiner Kinder aufkeimt?“

„Ach, Harald, du glaubst ja nicht, wie unendlich glücklich mich das eben Gehörte machte. Nun komm, wir wollen unseren Hermann suchen.“

Sie sahen ihn. Mit einem zehnjährigen Knaben stand er an der Würfelbude.

„Wenn du ihn haben willst,“ sagte eben der große Knabe, „so nimm ihn dir doch weg, es sieht es ja keiner.“

„Das darf ich nicht.“

„Ach was, – ich hole dir den Hund. Er ist ja ohnehin nicht viel wert.“

Schon hatte sich der größere Knabe in die Bude gedrängt, nach dem goldenen Hund gegriffen, jetzt hielt er ihn Hermann Wendelin hin.

Rasch streckten sich die Kinderhände aus. „Der schöne, goldene Hund!“

„So, und nu lauf rasch weg! Es braucht niemand zu sehen, daß du dir den Hund genommen hast.“

Die Kinderaugen wurden groß und weit, dann wurde der Hund niedergesetzt.

„Stell ihn nur wieder hin,“ sagte Hermann mit schwerem Aufseufzen. „Es ist ja nicht mein Hund, und man darf nichts wegnehmen.“

„Ach, Mumpitz!“

Hermann schüttelte energisch den Kopf. „Ich will ihn nicht, der Hund gehört mir nicht, die Mutti und der Vati wären traurig.“

„Dussel,“ sagte der größere Knabe und lief davon.

Noch immer stand der kleine Hermann an der Bude, nochmals griffen die Kinderhände nach dem goldenen Hund, fast andächtig versetzte er dem Tier einen Kuß auf die goldene Schnauze.

„Leb wohl, du kleiner süßer Hund, bleib gesund und schlafe recht schön! Der Hermann darf dich nicht mitnehmen.“

Dann lief er rasch davon, vorbei an Vater und Mutter, die er in seinem Schmerz nicht sah, denn auch jetzt standen die Kinderaugen wieder voller Tränen.

Regungslos hatten Bärbel und Harald auch diese Szene beobachtet. Sie sprachen kein Wort. Sie blickten den Knaben nach, sahen, wie er sich still niedersetzte und das Köpfchen in die Hand stützte.

„Geh zu ihm," sagte Harald endlich, „ich komme bald nach."

Bärbel trat zu dem Kinde, preßte beide Arme fest um den Knaben, legte sein trauriges Köpfchen an die Schulter, lachte und weinte.

„Mein Junge, mein lieber, lieber Junge!"

Der kleine Mann verstand die Mutter nicht. Er begriff auch nicht, aus welchem Grunde plötzlich der Vater mit dem Direktor herankam. In der Hand des Direktors aber war der schöne goldene Hund.

„Den schickt der Himmel einem braven Jungen," sagte der Direktor. „Einem Jungen, der schon als kleiner Knabe das Gebot kennt: „Du sollst nicht stehlen."

So, mein lieber Hermann, hier hast du deinen goldenen Hund."

Bärbel barg das feuchte Gesicht an der Schulter des Gatten. „Harald," flüsterte sie tief bewegt, „ich bin eine selten glückliche Mutter!"

CPSIA information can be obtained
at www.ICGtesting.com
Printed in the USA
LVHW051455071222
734629LV00030B/981

9 783988 283573